조아나의 이단자

조아나의 이단자

게르하르트 하우프트만 지음 I 이관우 옮김

작가와비평

차 례

조아나의 이단자

Der Ketzer von Soana

몬테 게네로조[1] 정상에 오르려면 여행자들은 몬드리지오에서 정상으로 난 길을 타거나 카팔라고에서 산악열차를 탈 수도 있고, 가장 힘든 길이지만 멜리데에서 출발해 조아나를 경유하여 오를 수도 있다. 이 지역들은 모두 스위스의 테신이라는 주에 속해 있지만 주민은 이탈리아계 사람들이다.

등산객들이 꽤 높은 지점에 오르면 종종 어느 염소치기의 안경 낀 모습을 만나곤 했는데, 겉모습이 예사롭지 않았다. 그의 얼굴은 햇볕에 그을린 피부에도 불구하고 그가 배운 사람이라는 걸 알려주고 있었다. 그는 시에나 대성당에 있는 도나텔로의 작품 악마 요한의 동상

1_ 몬테 게네로조(Monte Generoso)는 스위스와 이탈리아의 국경에 위치한 알프스의 산으로 높이는 1,704m이다. 산의 서쪽과 남쪽 측면은 스위스 테신 주에, 북동쪽 측면은 이탈리아 롬바르디아 지역에 속해 있다.

과도 흡사해 보였다. 머리칼은 검었고, 그을린 갈색 어깨 위로 동그랗게 말려 내려와 있었다. 그의 옷은 염소가죽으로 만들어져 있었다.

낯선 일단의 등산객들이 이 사람이 있는 곳 가까이에 다가가게 되면 인솔자들은 일찌감치 웃음을 지었다. 그런 다음 그를 보게 되면 등산객들은 자주 버릇없이 고함을 지르거나 도발하듯이 큰 소리를 질렀다. 그들은 그의 별난 모습 때문에 당연히 그럴 수밖에 없다고 여기고 있었다. 하지만 염소치기는 그들에게 신경을 쓰지 않았다. 그는 그들 쪽으로 고개 한 번 돌리지 않았다.

인솔자들은 모두 본래 그와 사이가 좋은 듯했다. 그들은 자주 그에게로 살금살금 건너가 친근하게 대화를 나누었다. 인솔자들이 돌아와서 낯선 등산객들로부터 저기에 어떤 기이한 성자라도 있는 것이냐는 질문을 받을 때면 그들은 대체로 그가 눈에 보이지 않을 만큼 멀어질 때까지는 입을 다물고 비밀을 지켰다. 하지만 여전히 호기심이 가라앉지 않은 등산객들은 결국 이 사람이 어두운 인생사가 있으며, 사람들이 속칭 '조아나의 이단자'로 부르고 있고, 미신적인 두려움과 함께 수상해하며 경계하고 있다는 것을 알게 되었다.

이 책을 펴낸이는 아직 나이가 어렸을 때 종종 아름다운 조아나에

서 몇 주를 기분 좋게 보내는 행운을 누리며 이따금 게네로조 산을 올랐고, 어느 날엔가는 이른바 그 '조아나의 이단자' 또한 보게 되었다. 그는 그 남자의 모습을 잊지 못했다. 그리고 그가 그 남자에 관한 온갖 모순된 점에 대해 알게 된 다음 그의 마음속에서는 그 남자를 다시 한 번 보아야겠다는, 어떻게든 꼭 한 번 그를 찾아가봐야겠다는 결심이 무르익었다.

펴낸이는 한 독일계 스위스인인 조아나의 의사에 의해 자신의 계획을 확고하게 굳혔다. 의사는 그에게 그 별난 사람은 배운 사람들의 방문을 싫어하지 않는다는 점을 확인해 주었다. 의사도 그를 한 번 방문했었다. 그는 이렇게 말했다.

"정말 나는 그에게 화가 나지 않을 수 없었지요. 그 녀석이 내 일에 끼어들었기 때문입니다. 하지만 그는 저 높은 곳에, 아주 멀리 떨어져 살고 있고, 다행히도 악마에게서 벗어나 치유되는 것을 중요하게 여기지 않는 소수의 사람들만이 그에게 은밀하게 조언을 구하고 있지요."

의사는 계속해서 말했다.

"당신은 그가 악마에게 몸을 팔아넘겼다고 많은 사람들이 믿고 있다는 걸 알아야 합니다. 그런 견해는 성직자들 사이에서도 논란의 여지가 없는데, 바로 그 말이 그들에게서 나왔기 때문이지요. 사람들은 그 남자가 처음부터 사악한 마법에 걸려들어 결국 확고부동한 악한 이자 지옥의 마법사가 되었다고들 말합니다. 하지만 나로 말할 것 같으면 그에게서 발톱도 뿔도 보지 못했습니다."

펴낸이는 그 기이한 사람을 방문했을 때를 아직도 정확하게 기억하고 있다. 그 사람과의 첫 만남 방식은 아주 특이했다. 특별한 상황하나가 그 만남에 우연의 일치라는 성격을 부여해 주었다. 말하자면방문자가 가파른 오르막길에서 기진맥진하여 서 있는 어미염소 한마리와 마주하게 되었는데, 그것은 막 새끼 한 마리를 낳고 나서 두번째 새끼를 낳으려던 참이었다. 곤경에 처한 고립무원의 어미염소는 그가 도와주리라 기대하고 있는 듯 그를 두려움 없이 바라보았고, 다른 곳도 아닌 거칠고 험준한 바위산 속에서 마주한 탄생의 심오한신비로움은 그에게 지극히 깊은 인상을 주었다. 그러나 그는 가던 길을 서둘러 갔다. 그는 이 동물이 그 별난 사람이 키우는 염소 떼 중 한마리일 것으로 판단하고 그 사람에게 도움을 청하고자 했던 것이다.그는 염소와 소 떼 속에 있던 그와 마주쳤고, 자신이 관찰했던 것을이야기해 주고는 그를 데리고 출산 중인 어미염소에게로 갔다. 어미염소 뒤에서는 이미 두 번째 새끼염소가 축축하게 젖은 채 피투성이로 풀밭에 누워있었다.

그 동물은 제 주인의 의사와도 같은 안전조치와 착한 사마리아인[2] 같은 따스한 사랑으로 처치를 받았다. 주인은 한동안 기다린 다음 새로 탄생한 동물을 하나씩 팔 밑에 낀 채 자기 집을 향해 출발했고, 어미염소는 무거운 젖통을 거의 끌고 가다시피 하며 뒤를 따랐다. 방문자는 심심한 감사의 인사를 받았을 뿐만 아니라 함께 가자는 거절할 수 없을 만큼 극진한 권유도 받았다.

그 별난 사람은 자기 땅인 고산지대 목장에 여러 동의 집을 지었다. 그 중 한 동은 겉보기에 거친 돌무더기와 같았다. 그 안에는 건조하고 따뜻한 우리들이 있었다. 거기에는 염소들과 새끼들이 수용되어 있었다. 방문자는 더 위쪽에 있는 하얗게 회칠이 된 육각형 건물로 안내 받았다. 그 건물은 게네로조 산의 암벽에 기대어 있었고, 포도주로 가득 채워진 테라스 위쪽에 세워져 있었다. 작은 문에서 멀지

2_ 　　성서의 누가복음에 등장하는 인물로 선행의 표본으로 제시된다. 어느 유대인 상인이 길에서 강도를 만나 모든 것을 빼앗기고 두들겨 맞아 반죽음 상태에 빠지지만 지나가는 사람들은 모두 그를 외면한다. 그런데 길을 가던 어떤 사마리아인만이 유대인 상인을 불쌍히 여겨 상처를 치료해 주고, 자신의 나귀에 태워 그를 여관에 데려가 간호해 준다. 다음날 사마리아인은 자신의 돈을 여관 주인에게 주며 상인을 잘 돌봐달라고 부탁하고, 돈이 더 들면 돌아오는 길에 갚아주겠다고까지 한다. 예수는 당시 유대인으로부터 멸시를 당하고 있던 사마리아인이 오히려 유대인을 돕는 일화를 통해 타인에게 대가 없이 사랑을 줄 수 있는 이웃이 되어주라는 가르침을 주고 있다. 현대에 와서 '착한 사마리아인'은 보답을 바라지 않고 타인을 돕는 자비심 많은 사람을 뜻하는 말로 많이 쓰이고 있다.

않은 곳에는 산에서 쏟아져 내리는 팔뚝만한 굵기의 물줄기가 바위를 깎아 만든 거대한 돌통을 채우고 있었다. 이 통 옆에는 철제문에 의해 산 속으로 난 동굴이 막혀 있었는데, 그것은 아치형 천장을 한 지하실이라는 점이 곧 밝혀졌다.

계곡에서 바라보면 거의 접근할 수 없을 듯한 높이에 매달려 있는 이곳에서는 펴낸이가 자세히 말하고 싶어 하지 않는 아주 멋진 풍경을 볼 수 있었다. 그는 두말 할 것 없이 당시 그 풍경을 처음 보았을 때 말문이 막히는 놀라움에 황홀하여 큰 소리를 질렀다가 또 다시 말문이 막히는 그 놀라움에 빠지곤 했다. 하지만 그 순간 무언가를 찾으러 집에 들어갔다가 다시 밖으로 나온 주인은 갑자기 더 조용하게 걸어가는 것 같았다. 방문자는 주인의 그러한 태도뿐만 아니라 조용하고 태연한 행동 전체를 놓치지 않았다. 그것은 그에게 말을 아끼고 질문에 인색하라는 경고로 다가왔다. 그러나 그는 이미 그 기이한 목축업자를 너무나 좋아하게 되어 강한 호기심을 내보이거나 집요하게 치근덕거림으로써 그와 멀어지는 위험을 무릅쓸 각오가 되어 있었다.

방문자는 그 당시 아직도 의자들로 둘러싸여 테라스 위에 놓여있던 둥근 돌 테이블을 바라보고 있다. 그는 '조아나의 이단자'가 식탁 위에 펼쳐놓았던 온갖 좋은 물건들도 함께 바라본다. 최고로 훌륭한 스트라치노 디 레코 치즈, 맛있는 이탈리아산 밀빵, 살라미, 올리브, 무화과, 서양모과와 함께 그가 동굴에서 싱싱한 상태로 꺼내왔던 적 포도주가 가득 담긴 술병을. 그들이 자리에 앉자 염소가죽 옷을 입고 긴 곱슬머리에 수염을 기른 주인은 방문자의 눈을 따뜻하게 바라보면서 그에게 애정을 나타내기라도 하려는 듯 그의 오른손을 붙잡았다.

이 첫 번째 접대에서 무슨 말이 오갔는지를 어떻게 다 알 수 있으랴. 다만 몇 가지만은 기억에 남아 있었다. 그 산 속의 목자는 자신을 루도비코라고 불러주기를 원했다. 그는 아르헨티나에 대해 많은 이야기를 해주었다. 삼종기도의 종소리가 깊은 산중에서 울려 퍼지자 이를 '언제나 자극적인 울림'이라고 말했다. 세네카라는 이름도 한번 입 밖에 내었다. 또한 조금 위쪽 스위스의 정치에 대해서도 이야기했다. 마침내 그 별난 사람은 방문자의 고향이 독일이기 때문에 독일에 대해 많은 것을 알고 싶어 했다. 작별의 시간이 다가오자 그는 방문자에 대한 선입견이 담긴 판단에 따라 "나는 당신이 언제 찾아와도 환영할 것이오."라고 말했다.

비록 이 책의 펴낸이가 그 별난 사람의 인생사에 대해 알고 싶은 열망에 사로잡혀 있고, 그렇다는 것을 숨기고 싶어 하지도 않았지만 그를 다시 방문했을 때에도 그의 인생사에 대한 관심을 드러내는 일은 피했다. 그는 조아나에서 기회가 있을 때마다 사람들과 나눈 대화를 통해 루도비코가 '조아나의 이단자'로 불리게 된 원인이라고들 하는 몇 가지 표면적 사실들을 알게 되었다. 하지만 그에게는 그런 것들보다는 어떤 의미에서, 어떤 내면적 운명에서 이 호칭이 정당한 것이 되었는지, 루도비코의 삶의 양식이 어떤 특별한 철학에 근원을 두고 있는지를 알아내는 일이 훨씬 더 중요했다. 그런데도 그는 질문을 자제했고, 그로 인해 충분한 보상도 받았다.

그는 루도비코가 주로 동물 떼 속이나 골방에 홀로 있는 모습을 보았다. 로빈슨처럼 손수 염소의 젖을 짜는 것을 몇 차례 보기도 했다. 루도비코는 반항하는 어미염소 곁에 새끼염소를 대주기도 했다. 그럴 때면 그는 낙농가로서 완벽한 수완을 발휘하는 듯 보였다. 그는 퉁퉁하게 부푼 젖통을 땅에 질질 끄는 암컷염소들과 과격하면서 부지런히 일하는 숫염소들을 보며 즐거워했다. 그는 숫염소 한 마리를 보며 말했다.

"저놈은 악마 그 자체로 보이지 않나요? 저놈의 눈을 보십시오. 힘이 넘치고 격노의 빛이 번득이지요. 분노, 악의지요. 그러면서도 얼마나 성스러운 불꽃인지요."

그러나 펴낸이에게는 그 사람이 '성스러운 불꽃'이라고 칭했던 바로 그 지옥의 불꽃이 그 사람의 눈 속에 들어있는 것처럼 여겨졌다. 자신의 내면에 있는 마성을 지닌 주역들 중 한 사람을 전문가가 필요한 작업을 할 때 던지는 시선으로 관찰하면서 그의 미소는 경직되며 잔인한 모습을 띠었고, 하얗게 번득이는 이를 드러내고는 깊은 명상의 상태로 빨려들었다.

그 '이단자'는 이따금 목적(牧笛)을 불었다. 방문자가 가까이 다가가기만 하면 그 단조롭게 이어지는 음조가 울려나왔다. 그럴 때면 자연스럽게 대화의 소재는 음악이 되었는데, 그 목자는 특이한 견해를 갖고 있었다. 루도비코는 동물 떼와 함께 있을 때에는 동물들과 그들의 습관, 목자로서의 직업과 관습 외에는 다른 어떤 것에 대해서도 말하는 법이 없었다. 그가 가장 깊숙한 과거까지 거슬러 올라가 동물들의 심리와 목자의 삶의 방식을 탐구하여 남다른 정도의 학문적 지식을 드러내는 것은 드문 일이 아니었다. 그는 아폴로3가 라오메돈4과 아드메토스5 밑에서 가축들을 보살폈으며, 하인이자 목자였다고

3_ 그리스 및 로마 신화에서 음악과 예술을 관장하며, 예언 및 태양의 신으로 나온다.

4_ 그리스 신화에 나오는 트로이의 왕으로 아폴론과 포세이돈을 속였다. 이에 화가 난 포세이돈이 바다의 괴물을 보내 그의 나라를 어지럽게 하였다.

이야기했다. 그가 말했다.

"나는 그 당시 그가 어떤 악기로 가축 떼에게 음악을 들려주었는지 정말 알고 싶군요."

또한 실제로 있었던 일에 대해 이야기하듯 이렇게 말을 맺었다.

"정말이지 나도 그 악기소리를 들었으면 좋았을 텐데요."

수염이 덥수룩한 그 은거자가 어쩌면 자신의 지적 능력이 완전무결하지만은 않다는 인상을 불러일으킬 수도 있었을 순간들이었다. 그러나 다른 한편으로는 가축 떼가 음악으로부터 얼마나 다양하게 영향을 받고 이끌리는지 내보임으로써 그의 생각은 어느 정도 정당성을 얻었다. 그는 어떤 음으로는 가축 떼를 거칠게 내몰았고, 또 다른 음으로는 조용히 쉬도록 했다. 그는 음으로 가축들의 마음을 움직여 그들을 멀리서 돌아오게 했고, 흩어지게 하거나 자신의 발뒤꿈치에 붙어 뒤따라오게 했다.

방문할 때 서로 거의 아무 말도 나누지 않은 적도 있었다. 한번은 6월 오후의 숨 막히는 더위가 게네로조의 방목장까지 몰려 올라왔을 때 루도비코는 되새김질 하며 누워있는 가축들에 둘러싸여 마찬가

5_　테살리아에 있는 페라이의 페레스 왕의 아들로, 테살리아 이올코스의 펠리아스 왕의 가장 아름다운 딸인 알케스티스에게 청혼했고, 그 결혼의 첫 번째 대가로 사자와 멧돼지를 수레에 매도록 요구받는다. 그의 수호신인 아폴론이 아드메토스를 위해 그 두 짐승을 수레에 묶어줌으로써 알케스티스를 얻게 해주었다.

지로 누워서 기분 좋은 황혼녘을 즐기고 있었다. 그는 그저 눈을 깜박이며 흘깃 방문자를 바라보고는 자신처럼 사지를 뻗고 풀밭에 누우라는 눈짓을 했다. 방문자는 누웠고, 두 사람이 잠시 그렇게 말없이 누워 있던 중 그가 갑자기 느릿느릿한 어조로 이렇게 말했다.

"당신은 에로스[6]가 크로노스[7]보다 더 연배가 높고 힘도 세다는 것을 아시겠지요. 당신은 우리를 에워싸고 있는 이 말없는 열기를 느끼시지요? 에로스! 당신은 귀뚜라미 우는 소리가 들리시지요? 에로스!"

그 순간 도마뱀 두 마리가 서로를 뒤쫓다가 재빨리 누워있는 그들을 지나쳐 달아났다. 그는 다시 이렇게 말했다.

"에로스! 에로스!"

이제 그가 명령이라도 내린 듯 두 마리의 힘 센 숫염소가 일어나더니 휘어진 뿔로 서로를 공격했다. 싸움이 점점 더 격렬해졌지만 그는 그대로 내버려두었다. 뿔이 부딪히는 소리가 점점 더 크게 울리고 횟수도 점점 더 늘어갔다. 그는 또 다시 이렇게 말했다.

"에로스! 에로스!"

그때 방문자의 귀에 처음으로 진중하게 들리는 말이 울려왔는데,

6_ 성애와 미의 여신인 아프로디테의 아들로 정열의 신일 뿐 아니라 풍요의 신이기도 하다.

7_ 그리스 신화에 나오는 하늘의 남신인 우라노스와 땅의 여신인 가이아 사이에서 태어난 최초 12명의 티탄족 신 가운데 막내이자 지도자인 남신이다. 농경을 다스리는 신으로, 자기 아이들을 잡아먹었다는 점에서 이방신과 자주 동일시되는데, 로마 신화의 사투르누스와 같다고 여겨진다.

그 말은 어느 정도 의문에 대한 해명의 빛을 던져주거나 적어도 루도비코가 어째서 사람들 사이에서 '이단자'로 불리는지에 대해 밝혀 주는 듯했기 때문에 그는 아주 특별히 주의를 기울여 듣지 않을 수 없었다.

"이봐요, 나는 교수대에 매달려 있는 사람보다는 살아있는 염소나 살아있는 황소를 더 숭배하고 싶습니다. 그런 것들을 숭배하는 시대에 살고 있는 건 아니지만요. 나는 그 시대를 증오하고 경멸합니다. 주피터 아몬은 숫양의 뿔로 묘사되었지요. 판8은 염소의 다리를 가지고 있고, 박카스는 황소의 뿔을 가지고 있지요. 내가 말하는 것은 황소모양을 한 박카스 혹은 로마인들의 황소 뿔입니다. 태양의 신 미트라는 황소로 묘사됩니다. 모든 민족이 황소와 염소와 숫양을 숭배했으며, 제물을 바치는 의식에서 그것의 성스런 피를 뽑아 부었지요. 거기에 대해 나는 긍정적입니다. 왜냐하면 생산하는 힘은 최고의 힘이자 창조하는 힘이며, 생산과 창조는 똑같은 것이기 때문입니다. 물론 이러한 힘에 대한 예찬은 승려들이나 수녀들이 주고받는 냉정한 이야기와는 다릅니다. 나는 비슈누9의 아내이자 라마라는 이름으로

8_　　그리스 신화에서 숲, 들, 산 및 몰락지대를 통솔하는 신으로 소, 바퀴벌레, 게와 같은 동물들과도 관련이 있어 자연과 동식물들과의 깊은 관계를 상징한다.

9_　　인도 신화에 등장하는 신으로 브라흐마, 시바와 함께 힌두교 3대 신 중 하나다. 브라흐마는 창조, 시바는 파괴, 비슈누는 유지를 담당한다.

인간이 된 시타10에 대한 꿈을 꾼 적이 있습니다. 그녀가 껴안자 승려들이 죽었습니다. 그때 나는 잠깐 동안 온갖 신비로움에 대해 알게 되었습니다. 녹색 풀밭에서 검은 생산의 신비에 대해, 진줏빛 쾌락과 환희와 도취의 신비에 대해, 노란 옥수수알과 온갖 과일들과 온갖 부풀어 오른 것들과 온갖 색깔들의 신비에 대해 말입니다. 나는 냉정하며 어마어마한 위력을 보이는 시타를 보았을 때 미칠 것 같은 고통에 비명을 지를 뻔했습니다. 불타는 욕망으로 죽을 것 같은 생각이 들었습니다."

그 사람이 이렇게 말을 시작하여 이어가는 동안 이 작품을 펴낸이는 자신이 마지못해 억지로 듣고 있다는 생각이 들었다. 글쓴이는 자신이 그의 혼잣말을 듣고 있었던 게 아니라 다른 것들을 생각하고 있었다는 뜻이 담긴 몇 마디 말을 해주고 자리에서 일어났다. 그런 다음 그는 작별을 하려고 했다. 하지만 루도비코는 허용하지 않았다. 그리고 산악 테라스에서는 또 다른 접대가 시작되었는데, 이번에는 그 진행과정이 의미 깊고 잊을 수 없는 것이었다.

방문자는 테라스에 당도하자 곧장 집 안으로, 즉 앞서 언급했던 육각건물의 내부로 안내되었다. 그곳은 정사각형으로 되어 있었고, 깨끗했으며, 벽난로가 있었고, 학자의 소박한 연구실과 비슷했다. 거기

10_   인도 신화의 농업을 상징하는 신으로 비슈누의 아내인 여신 락슈미의 화신으로 여겨진다.

에는 잉크, 펜, 종이와 작은 책자들이 있었다. 책들은 주로 그리스와 로마 작가들이 쓴 것이었다. 목자는 말했다.

"내가 좋은 가문에서 태어났고, 잘못 인도된 유년시절을 보냈으며, 고등교육으로 학식이 높다는 걸 당신께 숨길 이유는 없겠지요. 당신은 물론 내가 어떻게 하여 부자연스런 사람에서 자연스런 사람으로, 속박된 사람에서 자유로운 사람으로, 파괴되고 불만에 찬 사람에서 행복하고 만족스런 사람으로 변했는지 알고 싶겠지요? 아니면 어떻게 하여 내가 스스로 시민적 사회와 기독교로부터 이탈했는지도?"

그는 크게 웃고는 말했다.

"어쩌면 나는 내 삶의 변전에 대한 이야기를 쓸 지도 모릅니다."

긴장감이 극도로 고조된 방문자는 갑자기 또 다시 자신의 목적과는 동떨어져 있음을 깨달았다. 그래서 주인이 마지막에 자신이 새롭게 변한 이유가 자연의 상징물들을 숭배하기 때문이라고 설명해도 별 도움이 되지 않았다. 바위 그림자가 드리워지고 옆에 물이 흘러넘치는 통이 있는 테라스 위에는 본래 차려놓았던 것보다 더 풍성하고 맛 좋은 시원한 상태로 훈제 햄, 치즈와 밀빵, 무화과, 서양모과와 포도주가 차려져 있었다. 두 사람은 서로 많은 것들에 대해 지나치게 떠들썩하지 않으면서 적당히 유쾌하게 이야기를 나누었다. 마침내 돌로 된 식탁은 치워졌다. 하지만 펴낸이에게는 막 어떤 일이 일어나 눈앞에 펼쳐지는 순간이 닥쳐왔다.

우리가 알고 있듯 청동색 피부의 그 목자는 긴 곱슬머리와 턱수염에 털가죽으로 된 옷 때문에 야성적인 인상을 주었다. 그는 도나텔로[11]의 요한네스와 비교되었다. 실제로 그의 얼굴과 요한네스의 안면은 윤곽의 섬세함에서 많이 닮아 있었다. 좀 더 자세히 관찰할 경우 루도비코는 일그러진 안경만 제외한다면 정말 멋있었다. 물론 안경 때문에 조금 우스꽝스런 윤곽과 함께 전체적인 모습은 신비스런 특이함과 매력을 띠었다. 앞서 말한 문제의 그 순간 그 사람은 온통 다 변해 버렸다. 그가 지금까지는 안면을 거의 움직이지 않음으로써 청동상과도 같은 신체의 특징을 나타냈다면 이제는 안면이 움직이고 젊어지게 된 것이다. 그는 미소를 지었는데, 어린 아이 같은 수줍음이 묻어난다고 말해도 될 것 같았다. 그는 말했다.

"내가 지금 당신에게 요청하는 것은 이제껏 다른 어떤 사람에게도 제안한 적이 없습니다. 어디서 갑자기 이런 용기를 얻게 되었는지 사실 나 자신도 모르겠습니다. 나는 지난날의 오랜 습관으로 지금도 이따금 책을 읽고 잉크와 펜으로 글을 쓰기도 합니다. 그래서 겨울철 한가한 시간에 내가 태어나기 훨씬 전 이곳 조아나와 그 주변에서 일어났다고 전해지는 간단한 이야기 하나를 썼습니다. 당신은 이 이야기를 지극히 단순하다고 여기겠지만 이것은 내가 지금은 언급하고

11_   이탈리아 초기 르네상스 시대의 대표적 조각가(1386?~1466).

싶지 않은 여러 가지 이유로 내 마음을 사로잡았습니다. 간단하고 솔직하게 말해주십시오. 나와 함께 다시 집으로 들어가서 나로 하여금 아무 소용도 없이 많은 시간을 쏟게 했던 이 이야기에 당신의 시간을 좀 허비할 의향이 있으신가요? 사실 나는 그렇게 하도록 권하고 싶은 게 아니라 하지 못하게 하고 싶습니다. 나아가 당신이 명하신다면 지금 당장 그 원고 뭉치를 가져와 깊은 구덩이 속으로 내던져버리겠습니다."

물론 그런 일은 일어나지 않았다. 그는 포도주잔을 들고 방문자와 함께 집으로 들어갔고, 두 사람은 서로 마주보고 앉았다. 그 산 속의 목자는 승려들이 쓰는 필체로 단단한 종이 위에 쓴 원고를 아주 부드러운 염소가죽으로 둘둘 말아서 보관해왔다. 이야기의 강물 속으로 뛰어들기 위해 강둑을 박차고 나가기 전에, 그는 용기를 내고자 방문자에게 다시 한 번 건배를 하고 나서 부드러운 목소리로 읽어 내려가기 시작했다.

산 속 목자의 이야기

루가노 호수 위쪽 산 중턱에 다른 많은 집과 함께 조그만 산막 한 동이 있다. 그곳에 가려면 꼬불꼬불하게 나 있는 가파른 산길을 따라 호숫가에서부터 한 시간 정도 걸어야 했다. 그곳은 주변 대부분의 이탈리아 지역들과 마찬가지로 집을 돌과 회반죽으로 지어 서로 포개져 있는 독특한 빈민촌이다. 집들의 전면은 골짜기와도 같은 비탈을 향하고 있는데, 비탈은 목초지와 계단식 땅으로 되어 있고, 높이 솟아 있는 웅장한 몬테 게네로조 산의 중턱과 마주하고 있다.

이 비탈로, 더 정확히는 계곡이 좁은 골짜기가 되어 끝나는 곳으로, 폭포수가 백 미터 정도 높이에 있는 바닥면에서부터 쏟아져 내린다. 폭포는 하루 중의 시간과 계절에 따라, 또한 가장 중요한 요소인 공기의 흐름에 따라 좀 더 강하거나 약해지면서 쏟아지는 물소리로 끝없이 이어지는 음악이 된다.

오래 전 이 마을에 라파엘레 프란체스코라는 이름의 스물다섯 살쯤 된 신부가 부임해왔다. 그는 테신 주에 있는 리고르네토에서 태어났다. 그는 같은 리고로네토에서 태어나 거기서 죽은 통일된 이탈리아에서 가장 유명한 조각가를 배출한 곳에 거주하는 씨족의 일원인 것을 자랑스럽게 여겨왔다.

젊은 신부는 어린 시절을 밀라노의 친척들 집에서 보냈고, 대학시절에는 스위스와 이탈리아에 있는 여러 신학교를 다녔다. 그의 진지한 성격은 귀족 가문 출신인 어머니의 영향을 받았다. 어머니는 일찍이 그가 흔들림 없이 종교적 소명을 향해 나아가도록 내몰았다.

안경을 쓴 프란체스코는 모범적인 근면함과 더불어 엄격한 생활 방식과 경건함으로 동료 학생들 사이에서 돋보였다. 어머니조차 그에게 장차 세속의 사제로서 조금은 삶을 즐기며 살아도 되며, 엄격한 수도원의 규칙에 반드시 얽매이지 않아도 된다고 조심스레 권고해야 할 정도였다. 사제 서품을 받자마자 그가 바란 유일한 소망은 가능한 한 멀리 떨어진 외딴 교구를 찾는 것이었다. 그것은 그가 거기에서 일종의 은둔자가 되어 마음껏 하느님과 그의 아들과 성스러운 어머니에게 지금까지보다 더 많은 봉사를 하기 위해서였다.

그가 작은 마을 조아나에 와서 교회와 연결된 사제관에 들어가 지내게 되자 산지에 사는 주민들은 곧 그가 전임자와는 완전히 다른 부류의 사람이라는 것을 알게 되었다. 우선 겉으로 보기에도 전임자는 거대한 체구의 황소 같은 농부형이었으며, 그곳의 예쁜 부인들과 소녀들을 교회에서 내리는 벌금이나 벌과 같은 완전히 다른 수단을 빌려 자신에게 복종하도록 했다. 반면에 프란체스코는 창백하고 연약했다. 그의 눈은 깊숙이 들어가 있었다. 그의 광대뼈 위 지저분한 피부에는 갉아먹는 듯한 반점들이 빛나고 있었다. 여기에 안경도 한몫했는데, 평범한 사람들의 눈에는 그것이 여전히 고루한 엄격함과 박

식함의 상징이었다. 4 내지 6주가 지나자 그는 자신만의 방식으로 전임자와 똑같이, 아니 그보다 더 강하게 그곳의 조금 반항적인 부인들과 딸들을 자신의 통제 아래에 두었다.

프란체스코가 교회와 맞닿아 있는 사제관의 작은 문을 통해 거리로 나서기만 하면 금세 아이들과 부인들이 그를 에워싸고는 진심어린 경외감으로 그의 손에 입을 맞추었다. 그리고 그가 교회의 작은 방울소리를 듣고 하루 동안 얼마나 자주 고해실로 불려갔는지는 새로 채용한 거의 일흔 살이 된 가사도우미가 저녁에 합산한 숫자로 보여주었다. 그녀는 전에는 꽤나 타락한 조아나에 그토록 많은 천사들이 숨어 있을지 전혀 몰랐다고 했다. 한마디로 말해 젊은 신부 프란체스코의 명성은 주변 지역으로 널리 퍼져나갔고, 그는 곧 성인의 명성을 얻게 되었다.

프란체스코는 다른 어떤 것에도 신경을 쓰지 않았고, 자신의 임무를 그런대로 충실하게 수행하겠다는 생각 외에는 어떤 생각도 하지 않으려 했다. 그는 미사를 올렸고, 결코 줄어들지 않는 열정으로 예배의 모든 교회적 기능을 완수했으며 - 사제관에는 조그만 교실도 있었는데 - 나아가 세속적인 학교교육의 책무도 수행했다.

3월 초 어느 날 저녁 사제관의 초인종이 무척 격하게 울렸다. 가사도우미 노파가 나가 현관문을 열고 전등 불빛을 비추자 궂은 날씨 속에 신부와 이야기를 나누고 싶어 하는 조금 거칠어 보이는 사람이 문 앞에 서 있었다. 가사도우미는 다시 현관문을 잠그고 나서 자신의 주인이 있는 방으로 들어가 적잖이 두려워하면서 늦은 시간에 찾아온 그 방문자에 대해 알렸다. 자신을 필요로 하는 사람이라면 그가 어떤 사람이든 외면하지 않는 것을 가장 큰 의무로 삼아온 프란체스코는 어느 교부의 책을 읽다가 고개를 들어 올려다보며 짤막하게 말했다.

"페트로닐라, 가서 그 사람을 데리고 들어오세요."

잠시 후 신부의 책상 앞에는 마흔 살쯤 되는 남자가 서 있었다. 외모로 보아 그는 그 지역 농부였는데, 아주 많이 소외당하고 피폐해진 사람으로 보였다. 그 사람은 맨발이었다. 누더기 바지가 비에 젖은 채 끈으로 허리에 둘러져 있었다. 셔츠는 열려 있었다. 털이 덮인 갈색의 가슴을 지나 무성한 털이 난 목이 이어지고, 턱수염과 머리칼의 검고 빽빽한 털로 뒤덮인 얼굴이 이어졌으며, 얼굴에서는 두 개의 까맣게 빛나는 눈이 불타고 있었다.

그 사람은 천 조각으로 만든 비에 흠뻑 젖은 재킷을 목자들의 방식대로 왼쪽 어깨에 걸치고는 갈색의 억센 손으로 오랜 세월 바람과 궂은 날씨에 빛바래고 쪼그라든 조그만 모자를 흥분하여 빙 돌렸다. 기다란 작대기는 현관 앞에 세워두었다.

원하는 게 무엇인지를 묻자 그 남자는 사납게 일그러진 얼굴로 이해할 수 없는 거친 말과 소리를 쏟아냈다. 그의 말은 그 지방의 사투리였지만 일종의 변형된 것으로 조아나에서 태어난 가사도우미에게조차 낯선 언어로 여겨졌다.

젊은 신부는 불타고 있는 조그만 램프 옆에서 방문자를 세심하게 관찰했지만 그에게 무슨 사연이 있는지를 알아내는 일은 헛수고였다. 신부는 오랫동안 인내하면서 많은 질문을 던진 끝에 마침내 그에게서 많은 것을 알아낼 수 있었다. 그는 일곱 아이들의 아버지였으며, 아이들 중 몇 명을 그 젊은 신부의 학교에 보내고 싶어 했다. 프란체스코는 물었다.

"어디서 오셨나요?"

"조아나에서 왔습죠."

그가 급하게 이렇게 내뱉자 신부는 깜짝 놀라 말했다.

"그럴 리가 없습니다! 나는 이곳에 사는 사람들을 다 알고 있는 걸요! 하지만 그대와 그대 가족은 모르는데요."

목자인지 농부인지 다른 어떤 일을 하는 사람인지는 모르지만 그는 자신이 사는 집의 위치에 대해 이런저런 몸짓을 하며 열심히 설명했다. 하지만 프란체스코는 이해할 수가 없었다. 그래서 이렇게만 말했다.

"그대가 조아나의 주민이고 그대의 아이들이 법적인 나이가 되었다면 아이들은 무조건 이미 이 학교를 다녔을 것입니다. 그런데 나는 그대도 그대의 부인이나 아이들도, 교회에서 예배를 드릴 때도, 미사를 올릴 때도, 고해를 들을 때도 보지 못했습니다."

여기서 그 남자는 눈을 크게 뜨고 입술을 굳게 다물었다. 그는 화가 나고 답답한 듯 대답 대신 숨을 크게 내쉬었다.

"그럼 그대의 이름을 적어두겠습니다. 그대가 손수 찾아와서 그대의 아이들이 무지한 상태로 지내거나 하느님을 벗어나 불경하게 살아가지 않도록 해주셨으니 잘 하신 겁니다."

젊은 신부의 이 말에 그 누더기를 걸친 사람은 갈색의 억세고 건장한 몸을 떨면서 동물과도 같이 기이하게 응얼거리기 시작했다. 프란체스코는 당황해하며 반복해서 말했다.

"됐습니다. 그대의 이름을 적어두고 조치를 강구해 보겠습니다."

그 알 수 없는 사람의 붉게 충혈 된 눈언저리에서는 털이 무성하게 덮인 얼굴 위로 눈물이 줄줄 흘러내렸다.

프란체스코는 방문자의 동요하는 상태를 이해할 수 없었고, 그 때문에 당황해하기보다는 불안해져서 이렇게 말했다.

"됐습니다, 됐어요. 그대의 문제는 조사해 보겠습니다. 그대의 이름만 알려주십시오. 그리고 내일 아침에 아이들을 제게 보내 주십시오."

프란체스코의 말에 그 사람은 아무 대답도 하지 않고 어쩔 줄 몰라 하는 고통스런 표정으로 프란체스코를 오랫동안 바라보았다. 프란체스코는 다시 물었다.

"그대 이름이 뭐지요? 이름 좀 말해보세요."

신부는 처음부터 방문자의 행동에서 뭔가 두려워하고 있다는 것과 추격당하고 있음을 알아차렸다. 그가 이름을 대야할 순간에 바깥 돌로 된 바닥에서 가사도우미 페트로닐라의 발걸음 소리가 들리자 그는 몸을 웅크리고 보통 미치광이들이나 범죄자들에게나 어울리는 공포에 떠는 모습을 보였다. 그는 추적자들에게서 달아나고 있는 중인 듯했다.

그럼에도 그는 종이 한 장과 신부의 펜을 집어 들고는 이상하게도 빛을 등지고 어둠 속으로 들어가 창틀로 갔다. 그 아래에는 가까이에 개천이 있었고, 더 멀리에서는 조아나의 폭포수가 소리를 내며 흘러내리고 있었다. 그는 신부에게 전할 결심을 하고 무슨 말인가를 어둠 속에서 어렵사리 썼는데, 알아볼 만은 했다. 신부는 성호를 긋고 말했다.

"좋습니다! 편안히 가시기를!"

거친 사람은 떠나면서 등 뒤로 살라미, 양파, 숯불연기, 숫염소, 외양간 냄새를 풍기는 증기구름을 남겼다. 그가 떠나자 프란체스코는 곧장 창문을 열었다.

다음날 아침 프란체스코는 여느 때와 마찬가지로 미사를 올렸고, 조금 쉬었다가 소박한 아침식사를 했다. 그런 다음 곧장 시장에게 가려고 길을 떠났는데, 그를 만나려면 아침 일찍 방문해야 했다. 시장은 날마다 아래쪽에 깊숙이 자리한 호숫가의 한 전차정거장에서 전차를 타고 루가노로 들어가 그곳의 가장 번잡한 골목들 중 한 곳에서 테신산 치즈를 도소매로 거래했던 것이다.

해가 너도밤나무들이 서 있는, 아직은 텅 비어 있는 조그만 광장 위를 비추었다. 광장은 교회와 바짝 붙어 있었고, 마을 사람들의 집회장이 되기도 했다. 몇 개의 돌로 된 벤치 위에서는 아이들이 둘러앉아 놀고 있었고, 어머니들과 좀 더 나이 든 딸들은 산에서 풍부하게 흘러내리는 차가운 물이 넘쳐나는 오래 된 대리석관에서 옷을 빤 다음 바구니에 담아 말리러 갔다. 땅바닥은 축축했는데, 전날 눈발이 섞인 비가 내렸기 때문이다. 계곡 건너편 노이슈네 아래쪽에 있는 게네로조 산의 감히 접근할 수 없는 어마어마한 암벽 비탈이 그림자를 이루며 솟아있어 종종 신선한 눈바람을 불러오곤 했던 것이다.

젊은 신부는 눈을 내리깔고 빨래하는 여자들 옆을 지나갔고, 그들이 큰 소리로 인사하자 고개를 끄덕여 답했다. 그는 자신의 주위로 몰려드는 아이들을 안경 너머로 자애롭게 바라보면서 잠시 손을 내밀었고, 아이들은 모두 서둘러 열심히 입술을 닦았다. 광장 뒤편에서 시작되는 마을은 몇 안 되는 좁은 골목들을 통해 걸어 들어갈 수 있었다. 그러나 중심거리는 작은 마차들이 다니는 길로만 이용되었고, 그것도 앞쪽 일부 구간뿐이었다. 마을이 끝나는 뒤쪽에서는 좁아지는데다 경사가 급해서 짐을 싣는 노새를 타고서만 겨우 통과하거나 접근할 수 있었다. 이 좁은 길옆에 조그만 구멍가게 하나와 스위스의 간이우체국이 있었다.

프란체스코의 전임자와 아주 친밀한 교제관계를 유지해왔던 우체국직원은 프란체스코와도 서로 인사를 주고받았다. 그러나 그뿐, 둘 사이에는 신성한 자의 진지함과 세속적인 자의 평범한 친절 사이의 현격한 거리가 존재했다. 신부는 우체국에서 멀지 않은 곳에서 허름하고 좁은 샛길로 접어들었다. 길은 크고 작은 계단들을 통해 문이 열린 염소우리들과 온갖 형태의 더럽고, 창문도 없는, 지하창고와도 같은 동굴들을 지나 아래로 지극히 가파르게 뻗어 있었다. 닭이 연거푸 울었고, 고양이들은 알이 달린 옥수숫대 아래 썩은 풀 위에 앉아 있었다. 여기저기서 염소들이 울었고, 무슨 이유에선지 풀밭으로 끌려 나가지 못한 소 한 마리가 소리를 질렀다.

이 지역 출신의 사람들이 좁은 문을 통해 시장의 집에 들어가 일렬로 이어져 있는 작은 아치형 방에 들어서게 되면 깜짝 놀랄 수 있었다. 방들의 천장은 장인들에 의해 티에폴로12 양식으로 다양한 무늬가 그려져 있었다. 햇볕이 잘 드는 이 방은 길고 빨간 커튼으로 장식된 높은 창문과 유리문을 통해 원뿔형으로 깎아 만든 아주 오래 된 회양목과 멋진 월계수로 치장된 똑같이 햇볕이 잘 드는 탁 트인 테라스로 통했다. 어디에서나 마찬가지로 이곳에서도 폭포의 아름다운 소리가 들렸고, 건너편에는 험준한 산비탈이 마주해 있었다.

시장인 도메니코는 옷을 잘 차려 입은 40대 중반에 든 얌전한 사람이었는데, 불과 석 달 전에 재혼을 했다. 아름답고 화사한 스물두 살의 부인은 밝게 빛나는 부엌에서 아침식사를 준비하다가 프란체스코와 마주치자 그를 남편이 있는 방으로 안내했다. 시장은 신부가 어제 저녁에 맞이했던 방문자에 대한 이야기를 듣고, 서투른 필체로 방문자인 그 거친 사람의 이름이 적힌 쪽지를 보자 만면에 미소를 지었다. 그런 다음 그는 젊은 신부에게 자리에 앉으라고 권하고는 극히 사무적으로 얼굴에 가면을 쓴 듯한 덤덤한 표정을 유지하면서 비밀에 싸인 그 방문자에 대해 신부가 원하는 정보를 전해주기 시작했다. 방문자는 사실 지금까지 신부가 모르고 있었던 조아나의 주민이었다.

12_　18세기 이탈리아 바로크시대의 화가(1696~1770)로 베네치아를 중심으로 활동했다. 작품은 밝고 화려한 색채와 우아한 구도를 특징으로 하며, 특히 대형 천장화는 그의 예술적 업적을 대표하는 작품이다.

시장은 '루치노 스카라보타'라고 말했는데, 그것은 신부를 방문했던 사람이 쪽지에 갈겨 쓴 바로 그 이름이었다. 그는 이어서 말했다.

"그는 결코 가난한 사람이 아닙니다. 하지만 몇 년 전부터 그의 가정 상황이 나와 온 마을에 골칫거리가 되고 있고, 그 모든 일을 궁극적으로 어떻게 마무리해야 할지 도무지 알 수가 없습니다. 그는 전통 있는 가문에 속합니다. 또한 1400년부터 1500년 사이에 아래 지방 코모에서 대성당의 본당을 지은 밀라노의 유명한 루치노 스카라보타의 피를 이어받았다는 것도 충분히 짐작할 수 있지요. 신부님도 아시다시피 우리 이 작은 마을에도 그런 오랜 전통의 유명한 이름들이 많이 있답니다."

시장은 유리문을 열고 신부가 말을 하고 있는 중이었는데도 그를 테라스로 끌고 나갔다. 그는 거기서 한 손을 조금 들어 올려 폭포가 시작되는 깔때기 모양의 가파른 지역에 있는, 그 지방 농부들이 사는 식으로 거친 돌을 둘러쌓아 만든 앞서의 그 육각형 건물을 가리켰다. 그런데 비탈에 매달려 사는 다른 모든 사람들보다 훨씬 위쪽 엄청나게 높은 곳에 있는 그 건물은 외지고 접근할 수 없는 위치일 뿐만 아니라 작고 초라한 모습에서도 다른 집들과 구별되었다. 시장이 말했다.

"보세요. 제가 손가락으로 가리키는 저기에 바로 그 스카라보타가 살고 있지요."

시장은 이어서 말했다.

"신부님, 신부님께서 저기 고산목장과 그곳에 사는 사람들에 대해 아직 아무 얘기도 듣지 못하셨다니 도저히 믿기지 않습니다. 이 지역에 사는 사람들은 10년, 아니 그보다 더 오래 전부터 더없이 역겨워하며 온 동네에 분노를 터뜨려오고 있습니다. 유감스럽게도 우리는 고산목장 사람들을 어떻게 처리할 수가 없습니다. 여자는 법정에 서게 되었고, 자신이 낳은 일곱 아이들은 - 이보다 더 말도 안 되는 일이 있을까요? - 함께 사는 남자가 아닌, 게네로조 산을 오르기 위해 고산목장을 지나가야 하는 여름 여행을 온 스위스 관광객들에게서 태어난 것이라고 주장했습니다. 그 타락한 여자는 몸에서 이가 들끓고, 더러운 눈으로 노려보며, 새까만 밤 같은 피부에 끔찍하게도 못생겼지요.

하지만 그 여자의 말은 사실이 아닙니다. 어제 신부님을 방문했던, 그 여자와 함께 살고 있는 그 남자가 아이들의 아버지라는 것이 명백히 밝혀졌습니다. 그러나 중요한 것은 그 사람이 피를 나눈 그녀의 오빠이기도 하다는 것입니다."

젊은 신부는 안색이 하얗게 변했다.

"당연히 이런 근친 간의 부부는 세상 어디에서도 버림받고 추방을 당하지요. 이런 맥락에서 보면 민중의 목소리가 빗나가는 일은 드물어요."

시장은 이렇게 설명하면서 이야기를 이어갔다.

"그 아이들 중 누군가가 우리에게, 혹은 아로그노나 밀라노에 모습을 나타낼 때마다 돌에 맞아 죽을 뻔했습니다. 적어도 그런 사연을 아는 사람이라면 모두가 그 파렴치한 남매 부부가 가는 교회는 신성이 모독당한 것으로 여겼습니다. 버림받은 두 사람은 교회에 다녀야겠다는 생각을 하던 차에 상황이 그렇다는 것을 알아채고는 끔찍스런 마음에 몸서리를 치면서 몇 년 전부터 교회에 가고 싶은 생각이 싹 가셨다고 합니다.

그 아이들을, 모두가 혐오하고 두려워하는 그 저주받은 피조물들을 저 아래 우리 학교에 보내 착한 그리스도교도 아이들과 함께 교실 책상에 앉아있도록 허락해도 될까요? 과연 우리 마을 전체가 이 도덕적인 수치의 산물이자 짐승과도 같은 사악한 골칫덩이들에 의해 더럽혀지는 것을 용인해야 한다고 우리에게 요구할 수 있는 사람이 있을까요?"

프란체스코 신부의 창백한 얼굴은 도메니코 시장의 이야기가 얼마나 큰 충격을 주었는지를 드러내지 않았다. 그는 고마움을 표하고는 올 때와 똑같이 위엄 어린 진지함을 나타내며 떠났다.

프란체스코는 시장과의 면담 후 곧장 주교에게 루치노 스카라보타 사건에 대해 보고했다. 1주일 후 주교의 답변이 왔다. 이른바 산타 크로체 고산목장에서의 사태에 대한 전반적인 상황을 개인적으로 알려달라는 것이었다. 주교는 그러면서 젊은 신부의 성직자로서의 열정을 칭송했고, 길을 잃고 버림받은 영혼들로 인해 양심에 가책을 느끼고 그들의 구원에 관심을 갖는 것은 충분히 일리 있는 일임을 확인시켜 주었다. 또한 아무리 길을 잃은 죄인이라도 성모교회의 축복과 위안에서 배제해서는 안 된다고도 했다.

젊은 신부는 3월 말쯤에서야 사제로서의 공적인 임무를 수행하기 위해 산타 크로체 고산목장에 오르도록 허락받았다. 그는 게네로조산의 폭설 상황으로 인해 마을 사람 한 명을 안내자로 데리고 갔다. 부활절이 코앞에 다가왔는데도 둔중한 굉음을 내며 거대한 산의 가파른 비탈면에서 폭포 아래 계곡으로 계속하여 눈사태가 이어졌다. 하지만 봄은 햇살이 방해받지 않고 비출 수 있는 곳이라면 어디서든 온 힘을 다해 자리를 차지하고 있었다.

프란체스코는 아시시 출신의 성스러운 이름과는 달리 그다지 자연을 좋아하는 사람은 아니었지만 그를 에워싸고 있는 물오른 연한 새싹과 녹색 풀과 피어난 꽃은 그에게 아무 영향도 미치지 않을 수는 없었다. 그 젊은이는 굳이 확인할 필요도 없이 핏속에서 봄이 부드럽게 익어가고 있음을 느꼈고, 마음속에서 자연이 온통 부풀어 올라 밀려들고 있는 것을 즐겼다. 그것은 천국의 근원이었고, 황홀하고 - 육감적이고 - 세속적인 작용을 함에도 불구하고 활짝 피어난 그의 온갖 기쁨 속에서는 더없이 멋진 것이었다.

신부는 동반한 안내자와 함께 광장을 가로질러 가야 했는데, 광장에 서있는 너도밤나무들이 끈적끈적한 갈색 꽃봉오리에서 조그만 녹색의 연한 손을 내밀었다. 아이들은 시끄러웠고, 교회 지붕 밑이나 각진 곳의 수많은 구멍에 둥지를 틀고 있던 참새들 또한 아이들 못지않았다. 올봄에 처음 만난 제비들은 조아나에서 계곡의 심연을 지나 먼 비행을 해왔는데, 아마도 산비탈에 환상적으로 높이 솟아 있는 접근하기 어려운 바윗덩이 앞에서 부딪히기 직전 방향을 틀었을 것이다. 사람의 발길이 밀고 들어간 적이 없는 저 위쪽 돌출부나 바위틈에서는 물수리가 둥지를 틀고 있었다. 커다란 갈색 날짐승들이 쌍을 지어 신나는 비행에 나서 둥둥 떠다니고 있었다. 그들은 산 정상 위를 몇 시간 동안 계속 날면서 마치 탁 트인 무한한 공간 속으로 장엄하게 밀고 들어가려는 듯 빙빙 돌며 점점 더 높이 날아올랐다.

화려한 봄기운은 대기 중에만 있는 것이 아니었다. 그것은 갈색으로 갈아엎어 놓거나 풀과 수선화로 덮인 땅에도 있었고, 가지와 둥치를 통해 잎과 꽃을 솟아나게 하는 모든 것에도 있었으며, 사람들 속에도 자리하고 있었다. 양쪽으로 포도나무가 열을 지어 서 있는 계단식 밭에서 괭이나 낫을 들고 일하는 농부들의 그을린 갈색 얼굴은 일요일과도 같은 한가로움으로 환하게 빛났다. 그들 대부분은 이른바 부활절 양으로 일찌감치 어린 염소를 도살하여 뒷다리를 묶어 자기 집 대문기둥에 매달아놓기도 했다.

빨래가 가득 찬 바구니를 들고 물이 넘쳐흐르는 대리석 석관 주위에 유난히도 많이 모여 큰 소리로 떠들어대던 여자들은 신부와 안내자가 지나가자 흥겨운 재잘거림을 멈추었다. 마을의 출구 쪽에도 빨래하는 여자들이 있었는데, 그곳에서는 바위에서 흘러나온 물줄기가 조그만 성모마리아상 아래에 있는 역시 대리석으로 된 오래 된 석관 속으로 물을 쏟아 부었다. 이 석관과 함께 광장에 있던 앞서의 그 석관도 오래 전에 천년 묵은 참나무와 밤나무로 가득 찬 수목원에서 발굴되었다. 거기에서 석관들은 까마득히 오래 전부터 땅바닥에서 조금만 돌출된 채 담쟁이덩굴과 야생 월계수나무 아래에서 세상 사람들의 눈에 띄지 않게 숨어 있었다.

프란체스코는 지나가면서 성호를 그었고, 잠시 걸음을 멈추고는 석관 위쪽 마을 사람들이 바친 들꽃들로 예쁘게 에워싸인 성모마리아상에게 무릎을 꿇고 경배를 올렸다. 그는 아직 이곳 마을의 위쪽은 방문한 적이 없었기에 벌들이 둘러싸고 윙윙거리고 있는 이 조그만 성모상을 처음으로 보게 되었다. 조아나의 아래쪽 구역은 계단식

벽으로 둥글게 에워싸인 밤나무광장 주변으로 교회와 녹색 덧문으로 장식된 예쁜 민가들이 있어 시민적이고 부유했으며, 그곳의 크고 작은 정원들에서는 꽃이 핀 편도나무, 오렌지, 키 큰 측백나무 등 한마디로 좀 더 남국적인 식물들이 보였다. 반면 몇 백 발짝만 더 걸어 올라가면 이 위쪽은 염소와 마구간 냄새가 풍기는 고산지대의 가난한 목자마을일 뿐이었다. 여기에서도 돌멩이들로 포장된 더없이 가파른 산길이 나 있었는데, 이 길은 엄청나게 많은 마을의 염소 떼가 날마다 아침에 나갔다가 저녁에 들어오기를 되풀이함으로써 매끄럽게 다듬어져 있었다. 길은 위로 뻗어 올라 마을 목장을 거쳐 솥뚜껑 모양으로 된 조그만 자바글리아강의 발원지까지 이어졌다. 자바글리아강은 아래로 길게 장엄한 조아나 폭포를 이루고는 잠깐 동안 깊은 계곡을 통과해 촬촬 소리 내며 흘러가 루가노 호수에서 자취를 감추었다.

　신부는 줄곧 안내자의 인도를 받으며 한동안 이 산길을 기어오른 다음 숨을 돌리기 위해 조용히 멈춰 섰다. 그는 왼손으로 접시 모양의 커다란 검정색 모자를 벗으면서 오른손으로는 수단[13]에서 울긋불긋한 큰 손수건을 꺼내 이마에 맺힌 땀방울을 톡톡 두드려 닦았다. 일반적으로는 자연에 대한 느낌, 다시 말해 이탈리아 신부가 풍경을

13_ 　가톨릭교 신부가 입는 자락이 긴 평상복.

보고 느끼는 아름다움에 대한 감정은 특별하지 않다. 그러나 아주 높은 곳에서의 조망이나 우리가 흔히 말하는 이른바 조감에 의한 조망은 틀림없이 경이로움을 불러일으키는 자극제로, 지극히 순진한 사람도 이따금 느끼게 된다. 프란체스코는 자신을 에워싸고 있는 어마어마한 산 세계가 하늘을 향해 점점 더 높이 솟아오를 것처럼 느낀 반면 자신의 교회와 관할 마을은 단지 작은 소품이 되어 아래쪽 깊은 곳에 놓여있는 것을 바라보았다. 봄의 기운 속으로 숭고함이 들어와 뒤섞였다. 아마도 이런 느낌은 자신의 미미함을 질식시킬 듯 막강한 자연의 작품들과 위협적으로 말없이 존재하는 주변을 비교함으로써 생겨났을 것이다. 또한 우리도 이 막강한 위력에 어떤 식으로든 가담하고 있다는 어렴풋한 인식과도 연결되어 생긴 느낌이었을 것이다. 간단히 말해 프란체스코는 똑같은 한 순간에 스스로를 숭고하고 위대하면서도 미세하고 작은 존재로 느꼈고, 그런 느낌이 그로 하여금 그릇됨과 악령을 막기 위해 익숙한 동작으로 이마와 가슴에 성호를 긋게 했다.

그는 사제관이 딸려있는 자신의 교회를 조망의 출발점으로 삼았다. 앞서 말했듯이 교회는 마을 광장의 평지 위에 서 있었고, 이어진 가파른 암반 벽들이 바깥담장의 역할을 했는데, 그 옆으로는 산에서 내려오는 개천이 쏼쏼 경쾌한 소리를 내며 흘러 지나갔다. 조아나 광장 지하를 통과해 흐르는 이 개천은 담이 둘러진 어느 아치형 건물에서 모습을 드러냈는데, 물론 하수로 심하게 오염은 되었지만 그곳의 수목원과 꽃이 만개한 초원에 물을 공급해주었다. 여기서는 확실히 보이지 않지만 교회 건너편 조금 높은 곳에는 둥글고 평평한 계단식 언덕 위에 이 지역에서 가장 오래 된 성소가 있었다. 그것은 성모 마리아에게 헌정된 조그만 예배당이었는데, 제단 위의 먼지 덮인 마리아상은 비잔틴식 반원형 모자이크로 된 아치형 천장 아래에 있었다. 천년이 넘는 세월에도 불구하고 금장바탕과 그림이 잘 보존되어 있는 이 모자이크는 우주의 통치자 그리스도를 나타내고 있었다. 교회 본당에서 이 성소까지는 돌팔매질 세 번 거리도 채 안 되었다. 이 예배당에서 똑같은 거리에 성 안나에게 헌정된 또 하나의 예쁜 예배당이 자리하고 있었다. 조아나의 위쪽이자 뒤쪽에는 원뿔처럼 몹시 뾰족한 산봉우리 하나가 솟아 있었는데, 물론 그 주변을 높이 솟아있는 게네로조 산맥의 넓은 계곡과 비탈들이 에워싸고 있었다. 상부까지도 푸른 초목에 덮여 있으며 거의 접근할 수 없는 듯이 보이는 이 원추형 설탕과도 같은 모습의 산은 잔트 아가타라고 불렸는데, 아가타라는 이름의 성도가 그 산 정상에 힘겹게 작은 예배당을 세워 같은 성도들에게 제공했기 때문이다. 이것이 마을의 좁은 구역에 있는 한 개의 교회와 세 개의 예배당이었고, 더 멀리에는 서너 개의 예배당이 이어져 있었다. 모든 언덕 위에, 모든 굽잇길에, 멀리 내려다보고 있는 모든 산봉우리에, 여기저기의 그림 같은 바위절벽에, 가깝고 먼

곳 가릴 것 없이, 골짜기와 호수를 건너 수백 년 된 경건한 예배당들이 붙어있었다. 이런 맥락에서 이교도의 깊고 보편적인 경건성도 느껴졌다. 그것은 지난 수천 년이 흐르는 동안 이 모든 지점들을 원천적으로 봉헌함으로써 이 거친 자연의 위협적인 무서운 힘에 맞서는 신성한 동맹체를 만들어냈던 것이다.

열정에 불타는 젊은 신부는 테신 주 전체를 특징짓는 이 모든 로마 가톨릭교의 시설물들을 흡족해하며 바라보았다. 물론 그는 이 모든 것들 속 어디에도 활기차고 순수한 믿음이 살아있지 않았을 뿐만 아니라 흩어져 있는 이 모든 훌륭한 거처들을 황폐화와 망각으로부터 지키려는 동료 사제들의 충분히 애정 어린 배려의 마음도 없었다는 것을 독실한 하느님의 전사로서 고통스럽게 인정하지 않을 수 없었다.

잠시 후 그는 좁은 길로 접어들었다. 그 길을 세 시간 동안 힘들게 올라야 게네로조 산의 정상에 이를 수 있었다. 여기서 자바글리아강을 가로지르는 낡아빠진 다리를 재빨리 건너야 했는데, 다리 건너 가까운 곳에 강물이 모이는 웅덩이가 있었고, 여기에서 강물은 저절로 이루어진 백 미터가 넘는 침식절벽 틈새로 흘러내렸다. 여기에서 프란체스코는 집수지에서 빠르게 흘러 떨어지는 급류소리와 함께 다양한 높이와 깊이와 방향에서 들려오는 가축들의 종소리를 들었고, 겉모습이 거칠게 보이는 한 남자를 보았다. 그는 바로 조아나의 마을 목자였던 것! 그 사람은 땅바닥에 길게 엎드려 손으로 강둑을 짚고 머리를 강물에 숙이고는 완전히 짐승이 하는 방식으로 자신의 갈증을 해결하고 있었다. 그의 뒤에서는 어미염소 몇 마리가 새끼염소들을 데리고 풀을 뜯고 있었고, 늑대개 한 마리는 귀를 쫑긋 세운 채 명령을 기다리면서 자신의 주인이자 지배자가 술을 다 마실 순간을 기다리고 있었다. 프란체스코는 '나 또한 목자이지.'라고 생각했다. 목자가 땅에서 일어나 손가락 사이로 휘파람을 불자 소리가 암벽에 부딪혀 메아리로 울려왔다. 그는 멀리 돌을 던져 도처에 흩어져 있는 짐승들을 놀라게 하거나 멀리 내쫓거나 되돌아오게 하거나 낭떠러지로 추락하는 위험에서 보호하고자 했다. 이를 본 프란체스코는 짐승들을 다루는 것도 이런데 하물며 언제나 사탄에 노출되어 있는 인간을 다루는 것이야말로 힘들고 책임이 무거운 일이 아닐 수 없다고 생각했다.

신부는 이제 훨씬 더 열정적으로 오르기 시작했는데, 마치 이 길 위에서 악마가 더 빠른 걸음으로 길 잃은 양을 쫓고 있는 것처럼 두려움에 사로잡혀 있는 듯했다. 프란체스코에게 말을 주고받는 것을 허용하지 않은 안내자를 따라 한 시간 넘게 가파른 길을 힘들게 점점 더 높이 걸어올라 게네로조 산의 암석 숲으로 들어서자 갑자기 쉰 걸

음 전방에 산타 크로체 고산목장이 나타났다.

프란체스코는 안내자가 확인해준 대로 돌무더기와 그 가운데 납작한 돌을 쌓아올려 지은 회칠도 되지 않은 석조물이 자신이 찾던 집이라는 것을 믿으려 하지 않았다. 시장의 말에 따라 그가 기대한 것은 어느 정도 부유한 상태였는데, 반대로 이 집은 기껏해야 갑작스런 악천후에 양이나 염소들을 보호하기 위한 일종의 피난처로 이용될 수 있을 듯했다. 그 형편없는 집은 암석 잔해들과 모난 돌조각들로 이루어진 가파른 비탈 위에 서있었고, 들어가는 길은 지그재그로 숨겨져 있어 입구가 없는 듯이 보였다. 젊은 신부가 낯섦과 두려움을 이겨내고 안으로 좀 더 가까이 들어가자 버림받고 배척당한 거처가 좀 더 친근감 있는 모습으로 다가왔다.

그 잔해더미 거처는 가까이 다가오는 신부의 눈앞에서 그저 사랑스런 모습으로 변했다. 왜냐하면 돌덩이와 잔해들이 아주 높은 곳에서 무더기로 떨어져 내려서 거칠게 쌓아올려 지은 육각형 집을 지나 차곡차곡 쌓인 채 고착되어 있는 듯했고, 그리하여 그 아래쪽에는 돌이 없이 싱그러운 초목에 덮인 완만한 경사지가 있었고, 노란 민들레꽃이 대문 앞 경사로에까지 올라와 더없이 충만하고 사랑스럽게 피어있었기 때문이다. 그리고 꽃들이 경사로를 지나 대문을 통해 외딴 동굴 방으로까지 들어가 피어있는지 궁금증을 불러일으켰다.

프란체스코는 이 광경을 보고 깜짝 놀랐다. 노란 들꽃이 좋지 않은 소문이 들리는 문턱을 향해 돌진해 올라왔고, 꽃대가 긴 물망초의 꽃이 만개한 행렬이 무성하게 펼쳐졌으며, 그 아래쪽으로는 산에서 내려오는 물줄기가 파란 하늘을 반사하면서 마찬가지로 문을 정복하려고 했다. 그에게는 이런 모습이 인간세계의 추방이나 파문이나 비밀재판에 대한 공공연한 저항인 것처럼 보였다. 프란체스코는 경탄해하면서도 조금 혼란스러워져 검은 수단을 입은 채 햇볕에 따뜻하게 데워진 암석덩이 위에 주저앉아야 했다. 그는 어린 시절을 골짜기에서, 그것도 대부분 폐쇄된 공간인 교회나 교실이나 공부방에서 보냈다. 자연에 대한 그의 감각은 일깨워지지 않았다. 우연과 의무가 하나 되어 그에게 산악 등반을 강요하지 않았더라면 고산의 이런 숭고하고 자극적인 사랑스러움 속으로 들어가려는 지금과 같은 시도를 그는 결코 행하지 않았을 것이고 앞으로도 행할 수 없었을 것이다. 이제 새로움과 엄청난 인상들이 그를 사로잡았다.

젊은 신부 프란체스코 벨라는 처음으로 존재에 대한 아주 어마어마한 감정이 자신을 관통해 지나가는 것을 느껴 한 순간 자신이 신부라는 것과 무슨 일로 이곳에 왔는지를 잊었다. 이런 감정은 여러 가지 교회 규칙 및 교리들과 얽혀있는 경건성에 대한 그의 관념을 쫓아냈을 뿐만 아니라 깡그리 없애버렸다. 그는 이제 성호를 긋는 것조차 망각했다. 그가 서 있는 곳의 아래로는 상부 이탈리아 알프스의 아름다운 루가노 지역이 있었고, 지붕 위에서 갈색 새들이 계속하여 맴도는 조그만 순례교회가 있는 잔트 아가타가 있었으며, 잔 지오르지오 산이 있었고, 잔 잘바토레 산의 봉우리가 솟아있었으며, 그 산 아래 현기증이 날 정도의 깊이에는 산의 골짜기 속으로 마치 기다란 유리판을 조심스레 담아가지고 있는 듯 카폴라고라 불리는 루가노 호수의 지류가 있었다. 호수 위에는 어부가 노를 젓는 보트가 있었는데, 그것은 손거울 속에 있는 작은 나방과도 같이 보였다. 멀리 이 모든 것 뒤쪽으로는 알프스 고산의 눈 덮인 하얀 봉우리들이 프란체스코가 올라왔듯 점점 더 높이 솟아올라 있었다. 거기에서 몬테 로사 산이 일곱 개의 하얀 봉우리들과 함께 비단결 같은 하늘의 푸르름을 받아 보석처럼 빛나는 동시에 희미하게 솟아있었다.

고산병에 대해 올바르게 말할 수 있다면 그것은 높은 산 위에 있는 사람에게 닥치는 어떤 상태이며, 무엇보다도 건강과 연관 지어 가장 흔히 입에 오르내린다. 젊은 신부 역시 핏속에서 이런 건강함을 느꼈는데, 마치 다시 태어난 것 같았다. 그의 옆에는 아직 말라 있는 잡초 아래 자갈 틈새에 조그만 꽃 한 송이가 피어 있었는데, 프란체스코는 살아오면서 아직 한 번도 그런 꽃은 본 적이 없었다. 그것은 너무나도 사랑스런 파란색 용담의 일종이었다. 꽃잎은 불타는 듯한 푸른색으로 놀랄 만큼 예쁘게 채색되어 있었다. 검은 수단을 입은 젊은 신부는 처음 발견하고는 기뻐서 꺾으려고 했던 그 작은 꽃을 훼방하지 않고 그대로 척박한 그곳에 놔두고는 몸을 숙여 잡초만 옆으로 제치고 꽃의 경이로움을 오랫동안 황홀해하며 관찰했다. 이곳저곳 돌 틈에서는 어린 연초록 너도밤나무 잎이 솟아나왔고, 좀 멀리에서는 거친 잿빛 잔해와 연한 풀로 이루어진 비탈을 넘어 그 불쌍한 루치노 스카라보타의 가축 떼가 울리는 방울소리가 들려왔다. 이 산악세계는 전체적으로는 이른 봄의 특성을, 낮은 지역에 가라앉아 사는 사람의 나이로 치면 유아기의 맑고 순수한 매력을 지니고 있었지만 깊은 골짜기엔 그런 흔적이 존재하지 않았다.

프란체스코는 안내자를 마을로 돌려보냈다. 그는 한 사람이 함께 함으로써 돌아가는 길에 방해받고 싶지 않았으며, 더욱이 자신이 루치노 스카라보타의 가축 떼 옆에서 계획한 일에 목격자가 존재하는 것을 원치 않았기 때문이다. 그는 그 사이 이미 가축들의 눈에 띄게 되었고, 머리가 헝클어지고 더러운 가축들은 계속해서 호기심을 보이며 스카라보타의 바위성의 검게 그을린 문틈으로 열을 지어 빠져나갔다.

신부는 바위성으로 천천히 다가가기 시작하여 집의 주변에 이르렀다. 집은 주인이 가축을 많이 키우고 있음을 보여주고 있었고, 수많은 소와 염소 떼의 배설물로 더러워져 있었다. 프란체스코의 콧속으로 부드러운 산 공기와 함께 심한 소 냄새, 염소 냄새가 점점 더 강하게 흘러들어왔는데, 코를 찌르는 냄새는 집의 입구에 이르러 숯불 연기가 솟아오르자 견딜만했다. 프란체스코가 문지방에 나타나 검은 수단으로 불빛을 가리자 어린 가축들은 어둠 속으로 뒤돌아가 피했다. 신부는 보이지 않는 가축들에게 인사를 하고 말을 걸었지만 그것들은 침묵으로 응대했다. 늙은 어미염소 한 마리만이 다가와서 나지막하게 음매하며 울며 그를 염탐했다.

하느님의 사자에게 그곳의 내부는 점차 밝아졌다. 그는 높이 쌓인 똥으로 가득 찬 외양간을 보았고, 그 뒤쪽으로는 본래는 높이 솟은 암괴 속에 있었거나 어떤 종류의 암석이었을 천연동굴 하나가 형성되어 있었다. 거친 돌담의 오른쪽으로 출입구가 열려 있었는데, 신부는 이곳을 통해 지금 가족이 놔두고 나간 아궁이를 바라보았다. 잿더미가 보였는데, 그것은 바닥에 자연 상태로 드러나 있는 바위 위에 있었고, 안은 아직도 불씨로 가득 차있었다. 그 위에는 그을음이 두텁게 덮인 줄에 역시 그을리고 찌그러진 구리 냄비 하나가 걸려 있었다. 석기시대 사람들이나 사용했을 이 아궁이 옆에는 등받이 없는 벤치 하나가 서있었다. 주먹만큼 두껍고 넓은 나무좌판은 바위에 고정된 역시 넓은 두 개의 기둥 위에 놓여 있었으며, 백년이 넘도록 대대로 앉아 쉬어온 지친 목자들과 그 아내들과 아이들에 의해 닳아서 반질반질해져 있었다. 나무판은 더 이상 나무판이 아니라 매끄럽게 다듬어진 노란 대리석이나 활석인 것처럼 보였다. 그러나 수많은 흠집과 갈라진 틈이 있었다. 정사각형으로 된 공간은 다듬어지지 않은 자연 그대로의 거친 암석덩이 및 석판을 쌓아올린 담장으로 인해 동굴에 더 가까웠고, 담장의 듬성듬성한 틈 외에는 배출구가 없었기 때문에 연기가 문을 통해 외양간으로 흘러들어갔다가 거기에서 다시 문을 통해 온전하게 밖으로 빠져나갔다. 그리하여 그 공간은 수십 년 동안 연기와 그을음으로 검게 변해버림으로써 그 안에서는 심하게 그을린 굴뚝 안에 있다는 인상을 받을 수 있었다.

프란체스코가 모퉁이에서 나오는 기이하게 번득이는 눈빛을 알아채는 동시에 밖에서는 암석잔해가 구르며 미끄러져 내리는 소리가 들리면서 곧바로 루치노 스카라보타가 소리 없는 그림자처럼 햇살을 받으며 문으로 들어섰고, 그래서 방 안은 더 어두워졌다. 그 야생의 목자는 숨을 헐떡였다. 신부가 도착한 것을 내려다보고나서 높이 멀리 떨어진 목장에서 단시간에 달려 내려왔기 때문만은 아니었다. 그 추방당한 자에게는 신부의 방문이 하나의 사건이기 때문이기도 했다.

두 사람은 간단하게 인사를 나누었다. 주인은 거친 손으로 자신의 저주받은 아이들의 장난감 역할을 해온 반들반들한 돌 벤치에서 자갈들과 뭉개진 민들레꽃을 치운 다음 프란체스코에게 앉기를 청했다.

산 속의 목자는 뺨이 부풀어 오르도록 바람을 불어넣어 불을 돋웠고, 열기 어린 그의 눈은 반사광을 받아 더 거칠게 반짝였다. 그는 장작과 마른 나뭇가지로 불꽃을 키움으로써 눈을 따갑게 하는 연기가 신부를 거의 내쫓을 듯했다. 목자의 행동에는 몸을 바짝 낮춘 비굴함과 불안에 찬 열정이 함께했는데, 마치 이제 모든 것은 자신의 누추한 집을 찾아온 그 높은 분의 은총을 놓치지 않는 데에 달려있다고 여기는 듯했다. 그는 표면에 크림이 두껍게 눌어붙어 있는 우유가 가득 담긴 크고 더러운 통을 가져왔는데, 유감스럽게도 끔찍스럽도록 불결하여 프란체스코는 그것을 만져볼 수조차 없었다. 그는 배가 고팠음에도 불구하고 신선한 치즈와 깨끗한 빵을 먹는 것도 거부했는데, 미신적인 걱정에 빠져 그걸 먹으면 자신도 죄를 짓게 될까봐 두려웠기 때문이다. 마침내 산 속의 목자가 조금 진정이 되어 걱정스레 기다리는 눈길로 팔을 내려뜨리고 마주서자 신부는 말을 하기 시작했다.

"루치노 스카라보타, 그대는 우리 신성한 교회의 위안을 저버려서는 안 되며, 그대의 아이들은 가톨릭교도들의 공동체에서 더 멀리 추방되어서는 안 되오. 그대에 대한 나쁜 소문이 사실이 아니라고 밝혀지거나 그대가 진심으로 고해를 하고, 참회와 회개를 하고, 하느님의 도움으로 길에서 걸림돌을 치울 준비가 되어 있다면 말이오. 그러니 스카라보타, 먼저 내게 마음을 열고, 그대가 무슨 일로 비방을 당하고 있으며, 그대를 괴롭히고 있는 죄악이 무엇인지 솔직하게 고백하

시오."

이 말을 듣고 나서 목자는 침묵했다. 갑자기 짧고 거친 음만이 그의 목구멍에서 튀어나왔는데, 그것은 감정을 나타내는 것이 아니라 깍깍 하며 새가 우는 듯한 소리에 더 가까웠다. 프란체스코는 늘 그래왔던 것처럼 그 죄인 목자에게 고집불통의 끔찍한 결과에 대해 말해주고, 세상의 죄를 떠안은 어린 양의 희생, 즉 하나뿐인 아들의 희생을 통해 증명해보인, 화해를 이루는 아버지 하느님의 선함과 사랑에 대해 알려주었다. 그는 그리스도교를 통해 모든 죄는 용서받을 수 있다고 말하면서, 다만 그러기 위해서는 참회와 기도를 바탕으로 주저 없는 고해를 통해 하늘의 아버지에게서 가련한 죄인의 회개임이 증명되어야 한다고 말을 맺었다.

신부 프란체스코가 한동안 기다렸다가 떠나려는 듯 어깨를 으쓱하며 일어선 후에야 목자는 뒤죽박죽 뒤섞인 이해할 수 없는 말들을 목구멍을 통해 질식할 듯이 내뱉었다. 그것은 맹금류가 내뱉는 일종의 배설물과도 같았다. 신부는 온통 주의를 집중하여 혼란스런 말 중에서 이해 가능한 것을 포착하려고 노력했다. 그러나 이 이해 가능한 것은 마치 어둠처럼 낯설고 기이하게 여겨졌다. 다만 불안과 고통이 담긴 그 상상의 말들 속에서 루치노 스카라보타가 산에 살고 있으면서 자신을 괴롭히는 온갖 악마들에 맞서려는 자신의 뜻을 분명하게 밝히려 했다는 것만은 확실했다.

젊고 신앙심 깊은 신부가 악령들의 존재와 영향에 대해 의문을 품는 것은 나쁜 일일지도 모른다. 창조는 하느님이 추방한 반역자 루시퍼[14]에 대한 추종에서 빠져나온 온갖 종류 및 등급의 천사들에 의해 이루어졌다. 그래서 신부는 두려웠다. 하지만 들어본 적 없는 미신으로 인한 암울함 때문인지 무지로 인해 절망적으로 눈이 멀었기 때문인지 알 수가 없었다. 그는 하나하나 질문을 통해 자기 교구의 상상력의 영역과 이해력에 대해 판단해보기로 결심했다.

곧바로 알아낼 수 있게 된 것은 이 보살핌을 받지 못하는 거친 사람이 하느님에 대해 아무것도 모르고 있다는 사실이었다. 그는 구원자 예수 그리스도에 대해 잘 모르고 있었고, 성령의 존재에 대해서는 더더욱 모르고 있었다. 반대로 그는 악령에 에워싸여 있으며 음울한 추적 망상에 사로잡혀 있다고 느끼고 있는 듯했다. 또한 그는 신부를 하느님의 부름을 받은 시종이 아닌 막강한 마법사나 하느님 자신으로 보았다. 프란체스코는 목자가 굴종하듯 땅에 주저앉아 축축하고 도톰한 입술로 자신의 구두를 핥고 입맞춤을 할 때 성호를 긋는 것밖에 달리 할 수 있는 일이 없었다.

젊은 신부는 지금과 비슷한 상황에 처해본 적이 아직 한 번도 없었

14_ 하느님을 가까이에서 섬기며 찬양하던 천사였다가 하느님을 배반하여 쫓겨난 악마이자 타락한 천사로 중세 기독교 문화에서는 사탄과 동일시했다.

다. 부드러운 산바람, 봄, 번듯한 문명계층과의 단절이 그의 의식을 조금 몽롱하게 했다. 꿈꾸는 듯 마력과도 같은 어떤 것이 정신의 영역 속으로 밀려들어왔고, 거기에서 현실은 둥둥 떠 있는 공기 같은 형체로 해체되었다. 이러한 변화는 어떤 잔잔한 공포감에 의한 것이었는데, 그것은 그에게 재빨리 아래로 달려 내려가 봉헌해온 교회와 종소리가 울리는 곳으로 달아나라고 권하고 있었다. 악마는 막강했으며, 악마가 가장 독실한 그 그리스도 교도를 가까이 유인하여 현기증 날 정도로 깊은 심연의 언저리에서 밑바닥으로 추락시킬 얼마나 많은 수단과 방법을 갖고 있는지 어떻게 알 수 있었으랴.

이교도들의 우상은 환상 속 공허한 형체일 뿐 더 이상 아무것도 아니라는 것을 프란체스코는 배우지 못했다. 교회는 우상의 힘을 충분히 인정했지만 오직 하느님을 적대시하는 힘으로서만 제시했다. 그들은 아무 희망도 없음에도 불구하고 세상을 놓고 전능한 하느님과 계속하여 싸워왔다. 그리하여 창백해진 젊은 신부는 주인이 자기 집 어느 구석에선가 나무로 된 물건 하나를 꺼내왔을 때 적잖이 놀랐다. 그것은 소름끼치는 조각상이었고, 의심할 나위 없이 주술에 쓰는 물건을 연상시켰다. 불순한 대상에 대한 성직자로서의 혐오에도 불구하고 프란체스코는 그 조각상을 좀 더 자세히 살펴보지 않을 수 없었다. 그는 혐오감과 함께 깜짝 놀라면서 이곳에 가장 끔찍스러운 이교도적 혐오의 대상인 토속적인 프리아프 예배가 아직도 살아있다는 것을 스스로 인정했다. 프리아프 외에는 어떤 것도 원시적 의식의 모습을 내보일 수 없다는 것은 분명하게 알려진 사실이었다.

프란체스코가 시골에서 풍요의 신으로 옛날 사람들에게 공공연히 높은 존경을 받은 그 조그맣고 소박한 출산의 신을 집어 들자 곧장 그것의 존재에 대한 이상한 집착은 신성한 분노로 변했다. 그는 마구잡이로 그 파렴치한 작은 요괴를 불 속에 던져버렸지만 그 순간 목자가 재빨리 다시 꺼냈다. 그것은 불빛을 내며 타고 있었지만 이교도 목자의 거친 손에 의해 다시 오랫동안 유지되어온 안전한 상태에 놓이게 되었다. 그것은 이제 자신을 구해준 자와 함께 책망의 말을 퍼부었음에 틀림없었다.

루치노 스카라보타는 두 가지 신, 즉 나무로 된 신과 살과 피로 된 신 중 어떤 것을 더 강한 존재로 여겨야 할지 모르는 것 같았다. 그러나 그는 경악과 공포가 악의 어린 분노와 어우러진 눈길을 새로운 신[15]에게 던졌다. 새로운 신의 신성모독과도 같은 무례함은 결코 나약하다는 인식을 주지 않았다. 하나뿐인 유일한 신의 사자는 신성한 열정이 불타는 가운데 무지한 우상숭배자의 그런 위협적인 눈길에 의해 줄곧 단 한 번도 겁을 먹지 않았다. 그리고 그는 주저 없이 그 파

15_ 앞서 스카라보타는 신부를 하느님의 종이 아닌 하느님 자체로 보았으므로 새로운 신은 신부를 가리킨다.

렴치한 죄악, 사람들 대다수로 하여금 산 속 목자의 아이들에게는 축복이 내려져야 한다고 주장하게 만든 바로 그 죄악에 대해서도 이야기했다.

젊은 신부가 큰 소리로 이야기하는 중에 스카라보타의 여동생이 불쑥 나타났다. 그녀는 열정적인 모습의 신부를 말없이 은밀하게 살펴보면서 동굴 안 이곳저곳에서 볼일을 보았다. 그녀는 창백하고 보기 역겨운 여자였으며, 빨래에 쓸 물이 무엇인지 모르는 것처럼 보였다. 아무렇게나 걸친 낡아빠진 옷의 틈새로 그녀의 알몸이 곤혹스러움을 주며 희미하게 빛나고 있는 것이 보였다.

신부가 이야기를 끝내고 일단은 그를 벌하는 책망의 말을 모두 쏟아내고 나자 여자는 짧고 거의 알아들을 수 없는 말로 오빠를 밖으로 내보냈다. 거친 사람은 두말 하지 않고 가장 순종적인 개처럼 곧장 사라졌다. 그런 다음 더러운 모습으로 바라보고 있던 죄인 여자는 헝클어진 검은 머리를 엉덩이 위로 늘어뜨린 채 "예수 그리스도를 찬양하라!"는 말과 함께 신부의 손에 입맞춤했다.

그런 다음 곧장 그녀는 눈물을 흘렸다.

그녀는 신부가 가혹한 말로 자신을 비난하는 것은 옳은 일이라고 말했다. 그녀는 물론 신의 계율에 반하는 죄를 지었지만 사람들이 자신에게 퍼붓는 비방은 사실과는 다르다고 말했다. 그녀만은 죄인이지만 그녀의 오빠는 전혀 죄가 없다는 것이었다. 그녀는 모든 성자들을 옆에 두고 맹세하기를, 자신은 그 끔찍한 죄악에, 즉 사람들이 비난하는 근친상간에 빠진 적은 없다고 했다. 그녀는 물론 자신은 순결하지 못하게 살았으며, 한번은 고해를 할 때 다는 아니더라도 아이들 아버지들의 이름을 일부라도 댈 준비가 되어 있었다고 말했다. 그것은 그녀가 먹고 살기가 어려워 이따금 지나가는 낯선 이들에게 호의를 팔았기에 단지 극소수의 이름만 알고 있었기 때문이라는 것이었다.

게다가 그녀는 아이들을 아무런 도움 없이 고통스럽게 출산하여 몇 명은 출생 직후 여기저기 게네로조 산의 잔해 속에 다시 묻어야만 했다고 말했다. 그녀는 신부가 자신을 풀어줄 수 있을지 없을지는 모르지만 어쨌든 하느님은 자신을 용서해 주신 걸로 알고 있다면서, 자신이 고난과 고통과 근심을 통해 충분히 대가를 치렀기 때문이라고 했다.

프란체스코는 적어도 그녀가 저지른 범죄에 관한 한 울면서 하는 그녀의 고백은 거짓으로 엮인 그물과 같은 것으로 볼 수밖에 없었다. 물론 그는 자신의 행위를 사람들 앞에서 고백하기를 무조건 거부하는 수가 있으며, 그 행위가 어떤 것인지는 홀로 조용히 기도를 올릴 때 오직 하느님만이 안다는 것을 느꼈다. 그는 타락한 여자의 이런 부끄러워하는 모습을 존중했고, 여러 가지 관계로 보아 그녀가 오빠보다는 더 고상한 성품을 지니고 있음을 결코 감출 수 없었다. 그녀의 자기정당화 속에는 분명한 단호함이 있었다. 눈은 고백했지만,

그녀에게 있어서 말로 하는 고백은 좋은 설득이 되지도, 형리의 이글거리는 집게가 되지도 못했을 것이다. 그 남자를 프란체스코에게 보낸 사람도 바로 그녀였음이 밝혀졌다. 그녀는 어느 날 알프스목장의 생산물들을 거래하려고 루가노의 시장에 갔을 때 그 창백한 젊은 신부를 보았다. 그때 그의 모습에서 신뢰감을 얻게 되어 배척 받은 자신의 아이들을 그의 가슴에 넘겨줄 생각을 품게 되었다. 그녀는 가장이었고, 오빠와 아이들을 돌보는 역할을 떠맡고 있었다.

프란체스코는 말했다.

"나는 그대에게 어느 정도까지 책임이 있는지 혹은 없는지에 대해서는 말하지 않겠습니다. 다만 한 가지 확실한 것은 그대가 아이들을 짐승처럼 키우고 싶지 않다면 오빠와 헤어져야 한다는 것입니다. 그대가 오빠와 함께 사는 한 그대에 대한 무시무시한 비방은 결코 멈추지 않을 것입니다. 사람들은 늘 그대에게서 그 끔찍한 죄악을 떠올릴 것입니다."

신부의 말을 듣고 나자 여자의 마음속에서는 반항심과 완고함이 지배하는 것 같았다. 그녀는 아무 대답도 하지 않고 낯선 이가 와있지 않은 듯 오랫동안 집안일에 몰두했다. 그러는 동안 열다섯 살쯤 되는 소녀가 들어왔다. 소녀는 염소 몇 마리를 외양간 입구로 몰아넣고 나서 마찬가지로 프란체스코가 와있지 않은 것처럼 여자의 일을 도왔다. 젊은 신부는 소녀의 그림자가 깊은 동굴을 스쳐지나가는 것을 보자 곧장 그녀가 분명 뛰어나게 아름다울 것임을 알아차렸다. 그는 성호를 그었다. 몸속에서 어떻게 설명할 수 없는 이상야릇한 전율을 느꼈기 때문이다. 그는 어린 소녀목자 앞에서 다시 훈계를 해주어야할지 어쩔지 알 수가 없었다. 소녀는 사탄이 가장 어두운 죄악의 길 위에서 탄생시켰으므로 근본부터 타락했음은 의심의 여지가 없었다. 하지만 그녀는 마음속에 일말의 순수함이 남아있을 수 있었고, 자신의 어두운 근본에 대해 알고 있을지도 모를 일이었다.

소녀의 행동은 상당히 태연자약함을 보였는데, 거기에서는 불안한 마음이나 양심의 고통은 찾아볼 수 없었다. 반대로 그녀에게서 모든 것은 적당한 자신감에 차 있었고, 신부의 존재에 영향 받지 않았다. 그녀는 지금까지 프란체스코에게 한 번도 눈길을 돌린 적이 없었고, 그래서 그가 그녀의 눈과 마주치거나 눈을 훔쳐볼 수조차 없었다. 신부는 안경 너머로 그녀를 은밀히 관찰하면서 그녀가 정말로 죄악의 아이이며, 사건의 주인공인 바로 그 부모의 아이일 수 있는 것인지 점점 더 깊은 의문에 빠져들 수밖에 없었다. 마침내 소녀는 사다리를 타고 다락방 같은 동굴로 올라갔고, 그제야 프란체스코는 사제로서의 힘겨운 작업을 이어갈 수 있었다.

부인은 이렇게 말했다.

"저는 제 오빠를 떠날 수 없어요. 아주 간단히 말하면 오빠는 저 없이는 살 수가 없기 때문이에요. 그 사람은 간신히 자기 이름을 쓸 수 있고, 저는 그걸 아주 힘들여 가르쳐 주었습니다. 그는 돈이 뭔지도 모르며, 전차와 도시와 사람들을 두려워해요. 제가 달아나면 그는 저를 뒤쫓을 거예요. 불쌍한 개가 잃어버린 주인을 뒤쫓듯이 말입니다. 그는 저를 찾거나 그렇지 않으면 비참하게 죽을 것입니다. 그러면 아이들과 우리의 재산은 어떻게 될지. 제가 아이들과 함께 여기에 머물러 살게 되면 저는 제 오빠를 내쫓는 데 성공한 그 사람을 만나볼 것입니다. 사람들은 그를 쇠사슬로 묶어 밀라노의 쇠창살 뒤에 가둬야만 할 겁니다."

신부가 말했다.

"쇠창살 뒤에 갇히는 일은 그대가 나의 좋은 충고를 따르지 않을 경우에 일어날 수도 있습니다."

그러자 여자의 두려움은 분노로 변했다. 그녀는 자신의 오빠를 프란체스코 신부에게 보낸 것은 신부가 자신을 불쌍히 여기도록 함이었지 자신을 불행하게 만들게 함이 아니었다고 말했다. 그녀는 그렇다면 차라리 지금까지 그래왔던 것처럼 저 아래 사람들에게서 증오받고 배척당하면서 이대로 계속해서 살아가겠노라고 말했다. 그녀는 자신은 독실한 가톨릭교도이지만 교회가 자신을 배척한다면 악마에 몸을 맡길 권리가 있다고 주장했다. 그리고 그렇게 되면 지금까지 아직 행하지 않았던, 자신에게 짐을 지워온 그 엄청난 죄악을 정말로 저지를지도 모른다고 말했다.

여인이 이따금 고함을 지르며 고통스런 말을 내뱉는 가운데 프란체스코는 소녀가 사라진 위쪽에서 고운 노랫소리가 부드러운 입김처럼 나지막해지다가 더 세차게 고조되곤 하면서 울려오는 것을 들었다. 그리하여 그의 마음은 타락한 여인이 퍼붓는 분노의 말보다 이 멜로디의 마력에 더 쏠려 있었다. 그리고 그의 마음속에서는 지금껏 느껴보지 못한 어떤 불안감이 뒤섞인 뜨거운 물결이 솟구쳐 올랐다. 짐승의 집이면서 사람의 집이기도 한 이 집의 연기 자욱한 동굴은 마법에 의해 단테의 낙원에 나오는 온갖 수정으로 된 동굴들 중 가장 멋진 동굴로 변한 것처럼 보였다. 그곳은 천사의 목소리와 산비둘기가 날갯짓을 하며 울리는 노랫소리로 가득 차 있었다.

그는 자리를 떴다. 눈에 띄게 몸을 떨지 않고는 자신을 혼란스럽게 하는 그런 영향들을 견뎌낼 수가 없었던 것이다. 밖으로 나와 움푹 팬 돌무더기 앞에 이르자 신선한 산 공기를 마시고는 곧장 산 세계의 끔찍스런 인상으로 가득 찼던 통이 텅 비워진 것 같았다. 그의 마음은 곧장 시력이 미치는 가장 먼 곳으로 옮겨가 어마어마하게 많은 소떼들을 마주했고, 멀리 눈 덮인 산봉우리와 무시무시하게 깊은 골짜기와 봄날의 더없는 청명함으로 다가갔다. 그는 갈색 물수리들이 잔트 아가타 산의 원뿔형 봉우리 위에서 정신없이 맴돌고 있는 것을 계속 바라보았다. 그때 그 추방당한 가족에게 잔트 아가타 산에서 비밀리에 예배를 올릴 수 있게 해주어야겠다는 생각이 떠올랐다. 그래서 그는 이 생각을 근심에 차서 노란 민들레로 덮인 동굴 문턱에 발을 딛고 있던 여인에게 털어놓으며 이렇게 말했다.

"잘 알다시피 그대는 조아나로 와서는 안 됩니다. 내가 그대를 그곳으로 초대한다면 나와 그대는 곧바로 곤경에 빠지게 될 것입니다."

여자는 감동하여 또다시 눈물을 흘렸고, 정해진 날에 오빠와 큰 아이들과 함께 잔트 아가타 산의 예배당 앞으로 나가겠다고 약속했다.

젊은 신부는 루치노 스카라보타의 거주지와 저주받은 가족의 영역을 벗어나 그들이 더 이상 자신을 볼 수 없는 곳에 이르자 햇볕에 따뜻하게 달궈진 돌덩이 하나를 정해 앉아 쉬면서 앞서 겪었던 것에 대해 곰곰이 생각해 보았다. 그는 자신이 그 사건에 끔찍스런 관심을 가지면서도 의무상 냉정한 마음으로 아무런 선입견 없이 이 산을 올라왔는데, 지금 무언가 불길한 예감이 들면서 자신을 불안하게 하고 있다고 스스로에게 말했다. '그게 도대체 뭐지?' 그는 오랫동안 자신의 수단을 이리저리 쥐어뜯고 쓸어내리고 닦았는데, 마치 그럼으로써 그것이 뭔지를 풀어내고자 하는 듯했다.

그는 얼마간 시간이 지난 후에도 여전히 자신이 원하는 명쾌함을 느끼지 못하자 습관에 따라 주머니에서 성무일과서를 꺼내 즉시 큰 소리로 읽기 시작했지만 그것 또한 그를 기이한 우유부단함에서 해방시킬 수 없었다. 그는 무언가 자신의 임무 중 중요한 것 하나를 잊고 처리하지 않은 듯한 기분이 들었다. 그리하여 그는 어느 정도 기대를 하면서 안경 낀 눈으로 왔던 길을 계속 되돌아보았고, 이미 내려가기 시작한 길을 계속하여 내려갈 용기를 낼 수 없었다.

그래서 그는 기이한 꿈에 빠졌는데, 그것은 평소의 익숙한 영역에서 벗어난 환상이 몹시 과장하여 만들어낸 것이었다. 그를 꿈에서 깨운 것은 두 가지 사건이었다. 첫 번째는 차가운 산바람의 영향으로 오른쪽 안경알이 금이 가며 깨진 것이었고, 그런 다음 거의 동시에 머리 위에서 무시무시하게 헐레벌떡거리는 소리를 듣고 어깨에 심한 압박을 느꼈던 것이다.

젊은 신부는 벌떡 일어났다. 그는 자신이 몹시 놀라게 된 원인을 점박이 숫염소에게서 알아내고는 크게 웃었다. 숫염소는 성직자 복장에 아랑곳하지 않고 앞발을 들어 그의 어깨 위로 뛰어오름으로써 그에 대한 한없는 친밀감의 증거를 보여주었다.

이와 함께 숫염소의 극도로 친밀한 집착이 시작되었다. 멋지게 휘어진 억센 뿔과 불을 뿜는 눈을 한 덥수룩한 털의 숫염소는 지나가는 등산객들에게 먹이를 구걸하는 듯 보였는데, 그 짓이 너무나 익살스럽고 단호하며 저항할 수 없는 방식이어서 그놈을 막으려면 달아나는 수밖에 없었다. 염소는 계속하여 신부의 가슴에 앞발을 딛고 기어

올랐고, 곤경에 몰린 신부는 넘어지지 않을 수 없었으며, 주머니 속을 쿵쿵대며 냄새 맡던 녀석은 빵조각 몇 개를 몹시 탐욕스럽게 삼켜버리고 나서 신부의 머리칼과 코와 손가락까지 물어뜯을 결심이라도 한 듯했다.

방울종과 젖통이 땅에 닿을 정도로 늘어져 있는 수염이 무성한 늙은 암염소는 그 노상강도 숫염소를 뒤따르면서 그놈을 통해 용기를 얻어 신부를 똑같이 괴롭히기 시작했다. 암염소는 금박과 십자가가 박혀있는 성무일과서에 특별한 인상을 받았는데, 프란체스코가 휘어진 숫염소 뿔을 막는 동안 그 소책자를 차지하는 데 성공했다. 그리고 검은 글씨가 인쇄된 책장들을 풀로 여기면서 선지자의 지침에 따라 그 거룩한 진실을 적혀 있는 그대로 탐욕스럽게 먹었다.

흩어져 홀로 풀을 뜯어먹고 있던 다른 가축들까지 모여들어 그런 곤란한 상황이 더 고조될 때 갑자기 여자 목자가 구원자로 나타났다. 그녀는 프란체스코가 처음으로 루치노 스카라보타의 움막에서 흘깃 보았던 바로 그 소녀였다. 프란체스코는 날씬하고 당찬 소녀가 염소들을 쫓아버리고 난 다음 불그레한 싱그러운 뺨을 하고 눈웃음을 지으면서 자기 앞에 서자 말했다.

"네가 나를 구해줬구나, 착한 소녀여!"

그리고 그는 성무일과서를 어린 소녀의 손에서 건네받으면서 마찬가지로 웃으며 덧붙여 말했다.

"목자들을 돌보는 게 내 임무인데도 가축들 앞에서 힘을 못 쓰다니 정말로 이상하구나."

신부는 교회의 임무가 요하는 것 이상으로 어린 소녀나 여자와 대화를 나누어서는 아니 되며, 교회 밖에서 둘이서 그런 만남을 갖는 것이 알려지면 교구는 즉시 그것을 기록해서 남긴다. 그리하여 자신의 엄중한 소명을 기억하고 있는 프란체스코도 오래 머무르지 않고 돌아가는 발걸음을 계속했다. 그러나 그는 어떤 죄악에 사로잡혀 있는 듯한 느낌이 들어 곧 기회를 얻어 참회의 고백을 통해 그것을 씻어내야겠다고 생각했다. 그가 아직 가축 떼의 종소리가 들리지 않는 곳까지 내려가지 않았을 때 어떤 여자의 목소리가 울려왔고, 그것은 그로 하여금 갑자기 다시 모든 성찰을 망각하게 했다. 그 목소리는 너무 곱게 다듬어져 있어 그것이 방금 남겨두고 온 소녀목자의 목소리일 거라는 생각은 할 수 없었다. 프란체스코는 로마에 가서 바티칸의 교회가수들의 노래를 들었을 뿐만 아니라 더 일찍이 종종 어머니와 함께 밀라노에서 세계적인 여가수들의 노래도 들었으며, 그래서 그는 가극의 주연가수인 콜로라투어와 벨 칸토도 알고 있었다. 그는 자신도 모르게 멈춰 서서 기다렸다. 틀림없이 밀라노에서 온 여행자들일 것이라 생각하고, 그들이 지나가는 동안 그 훌륭한 목소리를 소유한 여자를 눈으로 직접 볼 수 있게 되기를 희망했다. 그들이 올라오는 기미가 없자 그는 다시 한 걸음 한 걸음 조심스럽게 현기증 나는 아스라이 깊은 분지로 걸어 내려갔다.

가련한 스카라보타 남매의 움막을 진원지로 한 그 끔찍스런 만행을 염두에 두지 않는다면 프란체스코가 전체적으로든 개별적으로든 이 임무수행 길에서 경험한 것은 겉으로는 말할 가치가 없었다. 그러나 젊은 신부는 곧장 이번 산악여행이 자신에게는 커다란 의미를 띤 사건이 되었다고 느꼈는데, 물론 당장은 그 의미의 전체적인 범위에 대해서는 아직 잘 알지 못했다. 그는 내면으로부터 변화가 일어났다고 느꼈다. 그는 시시각각 경이롭고 조금은 의심스럽게 여겨지는 새로운 상태에 있었다. 하지만 그가 사탄의 냄새를 맡았다거나 잉크병 같은 것을 주머니에 가지고 있다고 하더라도 그것이 자신에게 던져질 것이라는 의심을 길게 하지는 않았다. 산악의 세계는 저 아래로 낙원과도 같이 펼쳐져 있었다. 그는 자신도 모르게 합장을 하고는 사제로서의 이번 일처리를 통해 상급성직자로부터 신뢰를 얻게 되는 행운을 처음으로 기원했다. 이 근사한 분지를 마주하고 서있는 것은 하늘에서 천사들이 세 귀퉁이를 붙잡아가지고 내려온 베드로의 수건이라고 하는 암벽이었다. 인간의 관점에서 볼 때 녹아내리는 눈이 눈사태를 일으켜 끊임없이 둔중한 봄의 천둥소리를 내는 이 접근할 수 없는 게네로조 암벽보다 더 큰 위엄이 있는 곳이 어디에 있을 것인가.

배척받은 그 사람들을 방문한 날 이후 프란체스코는 아무 잡념 없이 평화로웠던 이전의 삶으로 더는 돌아갈 수가 없어 깜짝 놀랐다. 자연이 그에게 부여한 새로운 얼굴은 더 이상 사라지지 않았고, 자연은 어떤 식으로도 그를 강한 활력이 제어된 이전의 상태로 되돌리려 하지 않았다. 신부는 자신을 낮 동안만이 아니라 꿈속에서도 불안하게 만든 자연의 작용을 우선은 시험이라 부르고 인식했다. 그리고 이교적인 미신이 교회의 신앙에 맞서 싸움으로써 두 가지가 서로 융합되었기에 프란체스코는 자신이 변화된 것이 덥수룩한 수염의 그 목자가 불에서 끌어낸, 나무로 만든 그 요괴를 만진 탓이라고 진지하게 생각했다. 의심할 여지없이 그 끔찍한 미신의 잔재가 아직도 생생히 남아있었다. 그것은 옛날 사람들이 남근숭배라는 이름 아래 행해온 수치스런 의식으로, 십자가 예수의 성스러운 전쟁에 의해 세상에서 지하로 숨어들 수밖에 없었다. 프란체스코가 그 끔찍스런 물건을 바라보았을 때까지만 해도 그의 영혼 속에는 십자가만이 새겨져 있었다. 한 무리의 양들을 이글거리는 도장을 찍어 표시하듯 십자가를 새긴 불도장이 각인되어 있었던 것이다. 그리고 그것은 깨어 있을 때나 꿈속에서나 변함없이 존재하여 프란체스코 자신의 본질적 상징이 되었다. 이제 역겨운 육신의 사탄이 십자가를 내려다보고 있었으며,

가장 더럽고 소름끼치는, 육욕에 불타는 사티로스16 상징물이 끊임없는 경쟁을 벌이며 점점 더 크게 십자가의 자리를 차지해가고 있었다.

프란체스코는 가장 먼저 시장과 더불어 주교에게 목자 방문의 결과에 대해 보고했다. 주교에게서 받은 답변은 그의 처리방식을 용인한다는 것이었다. 주교는 "무엇보다도 우리는 사람들의 온갖 시끄러운 분노의 목소리를 피해야 합니다."라고 쓰고 있었다. 주교는 프란체스코가 불쌍한 죄인들을 위해 잔트 아가타 산의 성모 마리아 예배당에서 특별하고 비밀스런 예배를 올릴 수 있도록 정해준 것을 전적으로 현명하다고 여겼다. 그러나 상급 성직자에게 인정받은 것이 프란체스코에게 영혼의 평화를 가져오지는 못했다. 그는 저 위쪽 목장에서 일종의 마법에 걸려 돌아왔다는 생각에서 벗어날 수가 없었다.

프란체스코가 태어났고, 유명한 조각가인 그의 큰아버지가 생애 마지막 10년을 보냈던 리고르네토에는 어린 시절 그에게 가톨릭 신앙의 구원의 진리를 처음부터 소개하고 은총의 길을 알려주었던 늙은 신부가 살고 있었다. 프란체스코는 어느 날 조아나에서 리고르네토까지 대략 3시간을 걸어간 끝에 그 늙은 신부를 찾아갔다. 늙은 신부는 그를 환영했고, 눈에 띄게 동정을 표하면서 자신에게 털어놓기

16_ 그리스 신화에 나오는 괴물로 얼굴은 사람을 닮았으나 두 개의 뿔이 달렸고 염소의 하반신을 가졌다. 호색가이자 애주가로 디오니소스를 따르며, 로마 신화의 파우누스(Faunus)에 해당한다.

를 원하는 젊은 신부의 고백을 기꺼이 받아줄 준비가 되어 있었다. 물론 늙은 신부는 그의 행위를 용인해 주었다.

프란체스코의 양심의 갈등은 늙은 신부에게 하는 다음과 같은 고백에서 대략적으로 나타나고 있다.

"저는 산타 크로체의 고산목장에 사는 불쌍한 죄인들과 함께한 다음부터 일종의 무언가에 홀린 상태에 빠져 있습니다. 저는 몸이 부들부들 떨립니다. 제가 다른 옷을 입은 게 아니라 꼭 다른 피부를 입었지 않나 하는 느낌이 듭니다. 조아나의 폭포 소리를 들을 때면 깊은 계곡으로 기어 내려가 쏟아져 내리는 물 폭탄을 맞으며 몇 시간이고 서서 겉으로든 속으로든 깨끗하고 건강해지고 싶은 마음이 굴뚝같습니다. 또 교회에 있는 십자가나 제 침대 위의 십자가를 볼 때면 웃음이 나옵니다. 이전처럼 울고 한숨지으며 구세주의 고통을 상상하는 일은 하지 못할 것 같습니다. 그와는 반대로 제 눈길은 루치노 스카라보타의 요괴와 닮은 온갖 물건들에 쏠리고 있습니다. 이따금 그것들은 그 요괴와 전혀 닮지 않았는데도 제게는 닮아 보입니다. 저는 공부하기 위해, 즉 교부님들을 연구하는 데에 제대로 깊이 몰입할 수 있도록 제 작은 방의 창문에 커튼을 쳤습니다. 그런데 이제 그것을 걷어 치워버렸습니다. 새들의 노래, 눈이 녹고 나서 초원을 거쳐 제 집 옆으로 흐르는 많은 실개천들의 속삭임, 그리고 수선화의 향기가 저를 방해했습니다. 이제 저는 이 모든 것을 탐욕스럽게 즐기기 위해 창문을 활짝 열어젖힙니다.

이런 모든 것이 저를 두렵게 합니다. 하지만 아마도 이것이 최악은 아닐 것입니다. 어쩌면 더 심각한 문제는 시커먼 마법에 의해 제가 불순한 악마의 영향권 속으로 빠져 들어간 일일 겁니다. 악마의 꼬집음과 쥐어뜯음, 뻔뻔한 간지럽힘과 죄악을 향한 자극이 밤낮없이 한 시간도 거르지 않고 계속되고 있어 끔찍합니다. 제가 창문을 열면, 악마의 마법에 의해 창문 아래 꽃이 활짝 핀 벚나무에 앉아있는 새들의 노랫소리가 음란함으로 가득 차 있다는 생각이 듭니다. 저는 나무 껍질의 특정한 형태에 의해 도전을 받고, 산의 특정한 윤곽선에 의해 여성의 신체 일부를 연상하게 됩니다. 그것은 제 온갖 기도와 금욕에도 불구하고, 저를 넘겨 받아간 간교하고 음흉하며 추악한 악령의 끔찍스런 질주인 것입니다. 몸서리치며 말씀드리는데, 때때로 자연은 온통 제 놀란 귀에 대고 끔찍한 남근노래를 속삭이고 으르렁거리며 천둥을 쳐댑니다. 그렇게 함으로써 자연은 목자의 그 작고 허름한 나무로 된 우상을 섬기는 것이지요. 제 온갖 거부감에도 불구하고 그것을 믿도록 강요당하고 있듯이 말입니다.

이 모든 것은 당연히 불안과 양심의 갈등을 높이고 있는데, 저 위 고산지대의 버림받은 일가와 맞서 전사로서 싸우는 것이 제 임무라는 점을 인식하면 할수록 더더욱 그렇습니다. 하지만 여전히 이것이 제 고백의 최악의 부분은 아닙니다. 더 나쁜 것은 제 직업의 고유한 임무 속으로 지옥의 달콤함 같은 것을 품은 채 모든 것을 뒤흔들어놓는 제거할 수 없는 독과 같은 것이 들어와 섞였다는 사실입니다. 처음에는 예수님의 말씀에 의한 순결하고 거룩한 힘을 통해 무리를 떠나 길을 잃은 양이자 목자를 접근하기 힘든 바위산에서 데려오려는 생각에 사로잡혀 있었습니다. 하지만 이제는 그런 의도가 여전히 예전의 순수함 속에 존재하는지 의심스럽습니다. 그런 의도는 격렬한 열정을 강화하였습니다. 저는 한밤중에 눈물바다가 된 얼굴로 잠에서 깨며, 저 위의 잃어버린 영혼들 때문에 모든 것이 제 느끼는 연민 속에서 녹아내립니다. 그런데 제가 잃어버린 영혼들 때문이라고 말하고 있지만 여기에서는 아마도 한 가지 예리한 부분에서 거짓과 진실이 구별되어야 할 것입니다. 즉 스카라보타와 누이동생의 죄 지은 영혼은 제 마음의 눈앞에서는 오로지 그들의 죄악의 산물인 딸의 모습을 통해서만 포착된다는 것입니다.

그녀에 대한 허용되지 않은 욕망이 하느님의 뜻인 듯이 보이는 제 열정의 근원이 아닌지, 제가 하느님의 뜻인 듯이 보이는 이 작업을 계속해 나갈 경우 올바른 일을 하는 것이고 영원한 죽음을 무릅쓰는 것은 아닌지 스스로에게 묻습니다.”

세상 경험이 많은 노신부는 대체로 진지하면서도 간간이 몇 차례 웃으면서 젊은 신부의 꼼꼼한 고백을 들었다. 노신부가 알고 있는 프란체스코는 양심적인 외적 및 내적 질서의식과 함께 확실한 명료성과 결백성에 대한 욕구를 지닌 사람이었다. 노신부는 말했다.

"프란체스코, 걱정하지 말게. 자네가 늘 걸어왔던 길을 계속해서 걸어가게. 자네가 어떤 일에 손을 댈 때 사악한 적이 희생물을 확실하게 낚아채기 위해 가장 막강하고 위험한 계략을 내보인다는 건 놀랄 일이 아닐세."

프란체스코는 홀가분해진 기분으로 노신부의 사제관을 나와 첫 유년기를 보냈던 작은 마을 리고르네토의 거리로 들어섰다. 그곳은 넓은 계곡 밑바닥에 꽤 평평하게 자리하여 비옥한 들판이 에워싸고 있는 조그만 마을이었다. 들판에서는 채소와 곡물류 너머로 포도나무들이 이쪽저쪽 검은 기둥과도 같이 서있는 뽕나무들에 둘러싸여 있었다. 또한 이 지대는 몬테 게네로조 산의 어마어마한 암벽이 장악하고 있었고, 그 서쪽 면인 이곳에서 산의 넓은 바닥면부터 장엄한 모습 전체가 보였다.

점심때가 되었고, 리고르네토는 잠에 취해 있는 듯이 보였다. 프란체스코는 걸어가는 도중 꼬끼오 하고 우는 닭 몇 마리와 놀고 있는 아이들에게서 인사를 받았다. 마을의 끝에서는 짖어대는 강아지 한 마리가 인사를 했다. 이곳 마을의 끝에는 어느 재산가의 도움으로 세워진 그의 큰아버지 집이 빗장과도 같이 앞으로 솟아나와 있었다. 그 집은 조각가 빈센조의 별장으로 지금은 사람이 살지 않고 일종의 기념관으로 테신 주에 소유권이 넘어가 있었다. 프란체스코는 계단을 타고 버려진 채 황폐해진 정원으로 올라간 다음 곧장 갑자기 생겨난 희망에 따라 그 집의 내부를 다시 한 번 살펴보기로 했다. 오래 전에 알고 지냈던 근처에 사는 농부가 그에게 열쇠를 건네주었다.

젊은 신부가 예술과 관계를 맺은 것은 그의 신분에서는 관례적인 것이었다. 그의 유명한 큰아버지는 약 10년 전에 죽었고, 장례식 날 이후 프란체스코는 그 유명한 예술가 집의 방들을 더는 본 적이 없다. 그는 지금까지 대부분 지나치면서 피상적인 관심만으로 슬쩍 관찰해왔던 그 텅 빈 집을 갑자기 방문하도록 마음을 움직인 것이 무엇인지 선뜻 말할 수가 없을 것 같았다. 큰아버지는 그에게 결코 존경스런 인물이 아니었고, 큰아버지의 활동 영역은 그에게는 낯설고 중요하지 않은 것이었다.

프란체스코가 자물통에 열쇠를 넣어 돌리고 녹슨 경첩이 삐거덕거리는 문을 지나 복도로 들어서자 먼지 덮인 고요함으로 인해 가벼운 몸서리가 쳐졌다. 고요함은 위층으로 난 계단을 타고 내려오고 문이 열린 방들에서 나와 이곳저곳 도처에서 입김처럼 부드럽게 그에게로 불어왔다. 복도 바로 오른쪽으로는 죽은 예술가의 도서실이 있었는데, 그것은 이곳에서 교육열에 불타던 한 남자가 살았다는 사실을 곧장 알 수 있게 해주었다. 그곳 낮은 서가들에는 바사리17 외에

17_   이탈리아 르네상스 시대의 화가이자 건축가(1511~1574).

도 빙켈만[18]의 모든 작품들이 있었고, 이탈리아 문단을 대표해서는 미켈란젤로의 소네트들과 단테, 페트라르카, 타소, 아리오스트와 기타 작가들이 있었다. 독특하게 만들어진 책장들 속에는 스케치들과 동판화들을 모아 보관하고 있었고, 르네상스 시대의 메달들과 온갖 값진 희귀품들도 수집되어 있었는데, 그 가운데에는 색칠이 된 에트루리아의 점토화분들도 있었다. 청동과 대리석으로 된 몇 가지 골동품들은 방 안에 세워져 있었다. 벽 이곳저곳에는 레오나르도와 미켈란젤로의 특히 아름다운 그림이 액자에 담겨 걸려 있었는데, 그것은 남성과 여성의 몸을 나체로 묘사하고 있었다. 이어지는 조그만 방에는 세 개의 벽면이 그런 그림들로 거의 위에서 아래까지 가득 차 있었다.

거기에서 나오면 궁형 천장이 있는 홀로 들어갈 수 있는데, 홀의 높이는 여러 층수에 이르고 위에서 천장을 통해 빛을 받아들였다. 여기에서 빈센조는 나무모형과 끌을 가지고 작업을 했고, 가장 훌륭하게 만들어진 창작물들의 주형석고상들이 집회에 모인 말없는 사람들처럼 거의 교회와 같은 이 공간을 채웠다.

프란체스코는 답답하고 불안한 마음으로 자신의 발걸음이 울리는 소리에 놀라면서 이곳까지 걸어 들어와서 처음으로 큰아버지의 이

18_ 독일의 미술사가이자 고고학자(1717~1768).

런 저런 작품들을 관찰하기 시작했다. 미켈란젤로의 입상 옆에 기베르티19가 보였다. 단테도 있었는데, 작품들은 점을 찍어 표시하여 덮여있었다. 모형을 확대하여 대리석으로 제작했던 것이다. 그러나 세계적으로 유명한 이 형상들이 젊은 신부의 관심을 오래 끌 수는 없었다. 그 작품들 옆에 어린 소녀 세 명의 조각상이 서있었는데, 어느 후작의 딸들이었다. 후작은 조각의 대가를 통해 딸들을 완전히 발가벗은 상태로 표현하게 할 만큼 충분히 편견 없는 사람이었다. 겉으로 보기에 그들 중 가장 어린 소녀는 열두 살이 안 되었고, 두 번째로 어린 소녀는 열다섯 살을, 세 번째는 열일곱 살을 넘지 않았다. 프란체스코는 소녀들의 날씬한 몸을 오랫동안 스스로를 망각한 채 정신없이 바라본 다음에야 제정신으로 돌아왔다. 이 작품들은 그리스인들의 작품처럼 벌거벗은 몸을 자연 그대로의 귀족의 모습이나 신과 동일한 모습으로 보여주는 것이 아니라 좁은 침실에서 실수로 밖에 나온 여인들로 느껴지게 했다. 우선 소녀들 본래의 모습과 조각상의 모습은 떼어놓을 수 없이 똑같다고 알려져 왔다. 그리고 이 본래의 소녀들은 이렇게 말하는 것 같았다. "우리는 점잖지 못하게 밖으로 노출되고, 우리의 의지와 수치심에 반하여 무자비한 강압적 명령에 의해 옷이 벗겨졌습니다." 프란체스코는 몰입 상태에서 깨어나자 심장

19_   이탈리아의 금세공사이자 조각가(1378~1455).

이 고동쳤고, 두려워하며 사방을 바라보았다. 그는 아무런 나쁜 일도 하지 않았지만 그런 모습들과 홀로 함께 있는 것 자체를 이미 죄악으로 느꼈다.

그는 결국에 붙잡히지 않기 위해 가능한 한 빨리 그곳을 떠나기로 결심했다. 그러나 그는 다시 대문에 이르자 멀리 달아나는 대신 대문 손잡이를 안에서 돌려 잠그고 자물통에도 열쇠를 꽂아 돌렸다. 그리하여 이제 그는 죽은 사람의 유령 같은 집 안에 갇히게 되었고, 아무도 그를 놀라게 할 수 없었다. 이런 일을 벌인 후 그는 감정 상한 우아한 소녀들의 석고상 앞으로 돌아갔다.

여기에서 그의 심장이 더 세차게 고동치는 가운데 막연하며 주저되는 엉뚱한 짓거리 하나가 그를 엄습했다. 그는 마치 살아 있는 듯 후작의 딸들 중 큰딸에게 머리를 쓰다듬어주고픈 억제할 수 없는 충동을 느꼈다. 비록 이런 행동은 그의 판단에 따르더라도 분명히 미친 짓이나 마찬가지였지만 어느 정도는 성직자로서 할 수 있는 일이었다. 그의 손은 어느덧 후작의 둘째 딸의 어깨와 팔을 쓰다듬고 있었다. 풍만한 어깨였고, 여리고 섬세한 손으로 이어지는 풍만한 팔이었다. 프란체스코는 곧장 변함없는 애정을 담아 막내인 셋째 딸의 왼쪽 가슴을 더듬으며 마침내는 수줍은 범죄자의 키스를 퍼부음으로써 제정신을 잃고 방황하며 자책하는 죄인이 되었다. 그는 지혜의 사과를 먹고 나서 주님의 목소리를 듣게 되는 아담과 똑같은 기분이 들었다. 그는 쫓기듯이 달아났다.

프란체스코는 다음 몇 날을 교회에서 기도를 하거나 사제관에서 금욕을 하며 보냈다. 그의 회한과 후회는 너무도 컸다. 그는 지금까지 자세히 알지 못했던 몰입기도[20]를 올리면서 궁극적으로는 육신의 유혹을 물리치는 승리자가 되기를 기원할 수 있었다. 그는 가슴속에서 선의 원리와 악의 원리 간의 예기치 못한 불안한 싸움이 여전히 끝을 보지 못하고 있어 마치 신과 악마가 그들의 결투장을 처음으로 그의 가슴속으로 옮겨놓은 듯한 느낌이 들었다.

그의 삶의 본래 무책임한 부분인 잠 또한 젊은 성직자에게 더 이상 평화를 가져다주지 않았다. 왜냐하면 사탄에게는 지키는 사람 없이 무방비상태로 밤잠에 들어있는 시간은 젊은이의 본래 더없이 순진한 영혼 속에서 유혹과 타락의 음모를 꾸미기에 절호의 기회로 보였기 때문이다. 어느 날 밤에, 어쩌면 새벽에 잠자면서였는지 깬 상태에서 일어난 일인지는 알 수 없었지만 그는 하얀 달빛 속에서 아름다

20_ 겟세마네 동산에서 행한 예수의 기도가 대표적인 사례로, 상상할 수 없을 정도로 기도에 몰입하여 이마에 떨어지는 땀방울에 피 성분인 헤모글로빈이 배어 나와 핏방울 같이 되었다고 한다.

운 후작의 딸 셋이 하얀 형체로 방에 들어와 그의 침대 옆으로 다가오는 것을 보았다. 그는 좀 더 자세히 바라보고는 그들 모두가 요술에 걸린 듯 산타 크로체의 고산목장에 사는 어린 목자 소녀의 이미지와 합성되어 있다는 것을 알았다.

의심할 여지없이 저 위쪽 스카라보타의 장난감 같이 작은 집으로부터 고산목장이 창문을 통해 들여다보고 있는 아래쪽 신부의 방까지 연결이 이루어져 있었고, 물론 그 대마로 된 연결 줄은 천사가 나아낸 것은 아니었다. 프란체스코는 천국의 교권제도를 충분히 알고 있었고, 지옥의 그것 또한 똑같이 잘 알고 있었기에 연결 줄 작업이 어떤 악령의 아이에 의한 것인지 곧장 알아차렸다. 프란체스코는 마술을 믿었다. 스콜라 학문의 많은 분야를 경험한 그는 사악한 악령이 확실하게 타락시키는 효과를 발휘하기 위해 천체의 영향을 이용한다는 점을 받아들였다. 그는 육체에 관한 한 인간은 천체에 속하며, 이성은 인간을 천사와 동등하게 병립시키고, 인간의 의지는 하느님의 명령에 따르도록 되어 있지만 하느님은 타락한 천사가 인간의 의지를 하느님에게서 벗어나게 하는 것을 허용한다고 배웠다. 또한 악령의 세계는 이미 유혹당한 그런 사람들과의 연대를 통해 커져간다는 것이다. 나아가 악령들에 의해 이용당하는 현세의 육체적 격정은 종종 인간의 영원한 파멸의 근원이 될 수 있다는 것이다. 간단히 말해 젊은 신부는 뼛속 깊이 떨고 있었고, 악마가 독이빨로 물어뜯을까봐 두려워했고, 피 냄새를 풍기는 악령들을, 거대한 짐승 베헤모트21를, 그리고 확고부동한 간음의 악령인 아스모데오22를 무엇보다도 두려워했다.

그는 우선 그 저주받은 스카라보타 남매가 마술과 마법에 의해 죄를 지었다고 전제해야 할 것인지 결정할 수가 없었다. 당연히 그는 아주 나쁜 죄라는 의심을 살 만한 경험을 했다. 그는 날마다 거룩한 열정과 온갖 종교적 수단을 통해 목자 소녀의 모습에서 벗어나 자신의 내면을 정화하고자 노력했지만 소녀의 모습은 계속하여 더 맑고 확고하고 분명해졌다. 소녀의 모습은 밑에서 튼튼한 나무판이 받치고 있는 그림이기도 했고, 물로도 불로도 조금도 손상시킬 수 없는 캔버스이기도 했다.

이러한 소녀의 모습이 이곳저곳에서 눈앞에 밀려드는 것은 때때로 그의 조용하면서도 놀라운 관찰의 대상이 되었다. 그는 책을 읽었고, 어느 한 면에서 크고 검은 눈을 반짝이는, 특이하게 불그레한 흑

21_ 성서에 풀을 먹는 초식동물로 소개된다. 강한 힘줄이 있고, 그 뼈는 놋관과 같고, 뼈대는 쇠막대기와 다름없으며, 주로 늪지에서 살면서 꼬리치는 것이 마치 백향목이 흔들리는 것 같다는 설명으로 미루어 공룡으로 추정된다.

22_ 구약성경의 토빗기에 나오는 아스모데오는 라구엘의 딸 사라에게 달라붙어 어느 남자도 그녀에게 접근하지 못하도록 한다. 아스모데오의 방해로 사라와 결혼한 남자들은 차례로 급사한다. 이처럼 아스모데오는 육체의 욕망, 특히 성애의 측면에서 지저분한 면모를 보이는 것으로 묘사된다. 일반적으로 아스모데오는 유별난 호색한으로 알려져 있다.

갈색 머리칼에 에워싸인 여린 얼굴을 보자 그것을 덮어서 감추기라도 하려는 듯 이미 읽고 넘겼던 책장을 이리저리 다시 넘겼다. 그것은 언제 나타난 적이 있었느냐는 듯 책장을 넘기면서 전혀 보이지 않았는데, 평소 집과 교회에서 커튼과 문과 벽을 통해 그랬던 것과 마찬가지였다.

그렇게 불안과 내면의 갈등을 겪는 가운데 젊은 신부는 초조해서 죽을 지경이었다. 잔트 아가타 산꼭대기에서의 특별한 예배를 위해 정해진 그날이 충분히 빨리 다가오지 않는 것 같았기 때문이다. 그는 가능한 한 빨리 맡은 의무를 수행하기를 원했는데, 그럼으로써 아마도 자신이 그 소녀를 악마의 손아귀에서 끌어낼 수 있을 것이었기 때문이다. 그가 원한 또 다른 것은 그 소녀를 다시 만나는 일이었다. 하지만 그가 가장 열망한 것은 마법에 걸린 고통에서 해방되는 것이었고, 이것이야말로 분명히 소망해왔던 점이었다. 프란체스코는 거의 먹지 않았고, 대부분의 밤 시간을 뜬눈으로 보냈으며, 날이 갈수록 점점 더 야위고 창백하게 되면서 그의 교회에서는 지금까지보다 더 모범적인 신앙심의 냄새를 풍겼다.

마침내 신부가 그 불쌍한 죄인들을 잔트 아가타 산의 원뿔형 봉우리에 있는 예배당으로 초대한 날 아침이 다가왔다. 그곳까지 오르는 지극히 힘든 길은 족히 두 시간은 걸려야 했다. 프란체스코는 출발 채비를 마친 다음 9시 정각에 밝고 싱그러운 가슴을 안고 새로운 눈으로 세상을 바라보면서 조아나의 마을 광장을 떠났다. 때는 5월 초를 앞두고 있었고, 그래서 더 멋진 날을 상상할 수 없을 정도의 하루가 시작되었다. 하지만 그 젊은 신부는 똑같이 멋진 날들을 마치 에덴의 동산처럼 느껴지는 오늘과 같은 자연 없이도 자주 경험했었다. 그런데 오늘은 천국이 그를 에워싸고 있었다.

거의 늘 그랬듯이 부인들과 소녀들이 맑은 산물이 넘쳐흐르는 석관을 둘러싸고 서서 큰 소리로 신부에게 인사했다. 신부의 태도와 표정에 담긴 무언가와 함께 아침의 기분 좋은 신선함이 빨래하는 여인들에게 용기를 주었다. 그들은 치마를 다리 사이에 끼워 넣어 몇 사람에게서는 갈색의 종아리와 무릎이 보였다. 그들은 그렇게 몸을 숙이고 역시 갈색의 억센 맨팔로 힘차게 일하고 있었다. 프란체스코는 그들에게 다가갔다. 그는 그들에게 정겨운 말들을 많이 해주지 않을 수 없었다. 거기에는 자신의 성직자로서의 직무와 관련된 얘기는 포함되지 않았고, 좋은 날씨와 좋은 기분과 좋은 포도주를 소망하는 한 해가 중심이 되었다. 젊은 신부는 아마도 조각가였던 큰아버지의 집 방문에 의해 자극을 받아선지 처음으로 석관의 장식 띠를 관찰하기로 마음먹었다. 그것은 술꾼들의 행렬로 되어 있었고, 뛰어 돌아다니는 호색가들과 춤추며 피리 부는 여인들과 표범이 끄는, 포도화환을 쓴 포도주의 신 디오니소스의 마차를 보여주고 있었다. 이 순간 그에게는 옛날 사람들이 돌로 만든 죽음의 덮개에 과도하게 풍요로운 삶의 모습을 새긴 것이 이상하게 여겨지지 않았다. 부인들과 소녀들은 그가 석관 안을 구경하는 것을 보고 재잘거리며 웃었는데, 그 중 몇 명은 눈에 띄게 아름다웠다. 이따금 그는 자신이 술에 취해 발광하는 무녀들에게 환호 받고 있는 듯한 생각이 들었다.

산이자 자연으로의 이번 등반은 첫 등반과 비교할 때 열린 눈을 지닌 사람의 등반 대 태어날 때부터 눈이 먼 사람의 등반으로 비유될 수 있었다. 프란체스코는 갑자기 눈이 보이기 시작한 듯한 아주 분명한 느낌이 들었다. 이러한 의미에서 그에게는 석관의 관찰이 전혀 우연한 일이 아니라 깊은 의미가 있는 일이었다고 여겨졌다. 죽은 자는 어디에 있을까? 열려있는 돌이자 관에는 살아있는 생명의 물이 가득 차있고, 대리석 표면 위에 새겨진 옛 사람들의 언어는 영원한 부활을 알리고 있었다. 복음은 그렇게 이해되었다.

당연히 이번의 것은 그가 이전에 배우고 가르쳤던 것과는 공통점이 거의 없는 복음이었다. 그것은 책갈피나 책 속의 글자에서 생겨난 것이 아니라 풀이나 채소나 꽃을 통해 땅에서 솟아오르거나 태양의 중심에서 나오는 빛을 받아 녹아 흘러내린 것이었다. 자연도 모두 인간처럼 말하는 삶을 살고 있었다. 죽어서 말이 없는 자연이 활기를 띠고, 친밀해지고, 솔직히 터놓으며, 뜻을 전하게 된다. 갑자기 자연이 지금까지 숨겨왔던 모든 것을 젊은 신부에게 말해주는 것 같았다. 그는 자연이 애호하는 자이자 자연이 선택한 자이며 자연의 아들로 보였는데, 자연은 어머니와도 같이 자신의 사랑과 모성애의 비밀을 그에게 알려주었다. 온갖 공포의 지옥들과 놀란 영혼의 두려움은 더 이상 존재하지 않았다. 지옥의 질주로 여겨지는 온갖 어둠과 불안은 남아있지 않았다. 모든 자연은 선과 사랑을 뿜어내고 있었고, 넘치는 선과 사랑을 접한 프란체스코는 그것들을 자연에게 돌려줄 수 있었다.

이상한 일이었다. 그가 모난 돌에 미끄러지면서 금작화와 너도밤나무와 나무딸기 덤불을 지나 위를 향해 힘들게 올라가던 중 기쁨이 넘치면서 힘찬, 창조된 것에 대해서보다 창조에 대해서 얘기하는 자연의 교향곡과도 같은 봄날의 아침이 그를 에워쌌다. 죽음에서 영원히 벗어난 그 창작곡의 신비로움이 활짝 열렸다. 신부는 누군가 이 자연의 교향곡을 듣지 않고 〈온 땅이여 하느님 안에서 기뻐하라〉나 〈하늘의 주인을 축복하라〉는 찬송가의 작사가를 칭송하며 부르려는 사람이 있다면 그 사람은 스스로를 속이는 일이라고 여겼다.

조아나의 폭포는 물을 가득 품고 힘찬 소리를 내며 좁은 계곡 아래로 떨어졌다. 그 물소리는 충만하고 향락적으로 울려왔다. 그것의 언어는 흘려들을 수가 없었다. 둔중하게 울렸다가 곧장 더 밝게 울리곤 하면서 끝없는 변화 속에서 충만의 목소리가 울려왔다. 눈사태의 천둥소리는 게네로조 산의 어두운 그림자가 드리워진 거대한 계곡벽면에서 울려왔는데, 프란체스코가 그 소리를 들을 때면 눈사태를 일으킨 눈 더미들은 이미 소리 없이 자바글리아의 저지로 흘러 내려와 쌓였다. 자연 속 어디에 삶의 변화 속에서 파악할 수 없는 것이, 정신이 깃들어있지 않은 것이, 급박한 의지가 작용하지 않는 것이 있었던가? 말과 글과 노래와 역동하는 심장의 피가 사방에 있었다. 태양이 따뜻한 손을 기분 좋게 그의 어깨 사이 등에 내려놓고 있지 않았던가? 그가 지나가면서 쓰다듬어줄 때 군집을 이룬 월계수와 너도밤나무의 잎사귀들이 쉭쉭 소리를 내며 움직이지 않았던가? 도처에서 물이 솟아오르고, 도처에서 실개천이 나지막하게 속삭이면서 실 같고 매듭 같은 글자를 그리지 않았던가? 프란체스코 벨라는 책을 읽지 않았는데, 무수히 많은 크고 작은 식물의 잔뿌리들은 땅속에서 읽지 않았던가? 그리고 무수히 많은 꽃과 꽃대들로 자신을 표현하는 것은 식물들의 비밀이 아니었던가? 신부는 조그만 돌멩이 하나를 주워 올리고는 그것이 불그레한 이끼로 덮여 있는 것을 발견했다. 여기에도 말을 하고, 그림을 그리고, 글씨를 쓰는 놀라운 세계가 있었다. 그것은 형상화 되어가는 형태로 형상 속 어디에서나 작용하는 생명의 형성력에 대한 증거를 내보이고 있었다.

그리고 거대한 바위계곡의 동굴들 위에서 한없이 섬세한 보이지 않는 실로 그물망처럼 연결되어 있는 새들의 목소리가 똑같은 증거를 내보이고 있지 않았던가? 이따금 프란체스코에게는 소리가 들리는 이 그물망이 은빛으로 반짝이는 눈에 보이는 실로 변하고, 그 실이 말을 하는 내면의 불꽃을 일으키는 것으로 여겨졌다. 그것은 형태상 들을 수 있고 볼 수 있게 만들어진 자연의 사랑이자 분명한 행복이 아니었던가? 또한 실로 엮인 이 그물망은 자주 흩날려 사라지거나 끊어지면서도 급히 날아다니며 지칠 줄 모르고, 실을 잣는 북과 계속하여 다시 연결되었으니 얼마나 멋졌던가? 깃털이 달린 조그만 직조공들은 어디에 앉아 있었던가? 작은 새 한 마리가 말없이 급하게 자리를 바꾸지 않는 한 그들은 보이지 않았다. 지극히 작은 목구멍들이 온통 환호성을 지르며 널리 퍼져나가는 언어를 쏟아냈다.

프란체스코는 마음속에서는 물론 주변에서도 모든 것이 부풀어오르고 모든 것이 고동치는 가운데 죽음의 장소는 어디에서도 찾아낼 수가 없었다. 그는 밤나무의 둥치를 만져보고 그것이 스스로 영양분을 몸속으로 끌어올린다는 것을 느꼈다. 밤나무는 살아있는 영혼처럼 공기를 들이마셨고, 동시에 자신이 숨을 쉬고 자신의 영혼을 찬양하는 노래를 부르는 것이 공기 덕분이라는 점을 알아차렸다. 그러면 공기는 밤나무의 목구멍과 혀를 말을 하는 계시의 도구로 만든 당사자가 아니었을까? 프란체스코는 우글거리며 분주히 움직이고 있는 개미떼 앞에서 잠시 걸음을 멈추었다. 아주 작은 산쥐 한 마리가 그 신기한 작은 동물들에 의해 가냘픈 해골이 거의 완전히 해체되었다. 그 맛있는 작은 해골과 개미나라의 온기 속으로 들어갔다 사라져버린 산쥐는 삶의 불멸성을 말해주지 않았을까? 그리고 자연은 형성자로서의 충동이나 욕구로 인해 오로지 새로운 형태만을 찾아왔던 것은 아닐까? 신부는 이번에는 아래를 내려다보지 않았고, 대신 자기 위를 높이 올려다보고는 잔트 아가타 산의 갈색 물수리들을 다시 보게 되었다. 날개와 깃털이 달린 그것들의 몸은 경이로운 피와 고동치는 경이로운 심장을 지니고 위풍당당하게 즐기면서 하늘을 가로질러 날았다. 그것들이 하늘의 푸른 비단 위를 비행하면서 그리는 교차하는 곡선들이 분명하고 명명백백한 글자를 나타내고 있으며, 그것의 의미와 아름다움이 삶과 사랑에 가장 밀접하게 연결되어 있다는 사실을 모르는 사람은 없을 것이다. 프란체스코는 그 물수리들이 자신에게 그 글자를 읽어보라고 요구하는 듯한 기분이었다. 그리고 그것들이 비행의 경로로 글을 썼다면 그것들에게는 읽는 능력 또한 부여되었을 것이다. 프란체스코는 이 날개 달린 어부들에게 부여된 원거리를 보는 시선을 생각했다. 또한 그는 자연이 스스로를 바라보는 수단인, 인간과 새와 포유동물과 곤충과 물고기의 수많은 눈들을 생각했다. 그는 점점 더 마음 깊이 경탄해하면서 자연이 한없는 모성애를 지니고 있음을 깨달았다. 자연은 자신의 아이들이 어머니의 영역에서 어떤 것도 감춰진 채 누리지 못하는 일이 없도록 노력했다. 아이들은 자연으로부터 시각, 청각, 후각, 미각, 감정과 같은 감각들만 부여받은 것이 아니었다. 자연은 프란체스코가 느낀 대로 무한한 시간의 변화에 대비하여 수많은 새로운 감각들도 마련해두고 있었다. 세상에서 보고, 듣고, 냄새 맡고, 맛보고, 느끼는 것이야말로 얼마나 어마어마한 위력을 지닌 것이었던가! 물수리들 위로는 하얀 구름이 떠있었다. 구름은 환희의 천막과도 같았다. 하지만 구름 또한 있던 곳을 떠나 활기차게 변화하면서 눈에 띄게 형태가 바뀌었다.

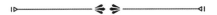

프란체스코 신부를 깨우쳐준 것은 심오하고 신비로운 힘이었다. 그러나 이런 체험을 하게 된 배경은 그를 말할 수 없이 행복하게 하는 상황이었는데, 그는 그 버림받은 가련한 목자 소녀와의 재회를 포함한 앞으로의 달콤한 네 시간을 내다보았던 것이다. 이러한 인식은 그를 안심시키고 풍요롭게 하여 그토록 소중하게 채워진 시간은 지나가버릴 수 없을 것 같았다. 그는 저 위쪽, 물수리들이 지붕 위에서 맴도는 조그만 예배당이 서 있는 저 위쪽에서 천사도 부러워할 수밖에 없을 행복이 자신을 기다리고 있다고 생각했다. 그는 오르고 또 올랐으며, 기쁨에 넘치는 열정이 그에게 날개를 달아주었다. 그가 저 위에서 하려고 계획한 일은 확실히 그에게 일종의 변용의 물을 쏟아부어 천국으로의 접근에서 멀어진 그를 영원한 착한 목자와 거의 똑같은 상태로 만들어줄 것임에 틀림없었다. "마음을 들어 올려라! 마음을 들어 올려라!" 그는 성스러운 아가타23가 옆에서 걸어가는 동안 프란치스코[24]의 인사말을 계속해서 내뱉었다. 순교자 아가타는 사람들에게서 산 위에 높이 지은 작은 예배당을 봉헌 받고, 형리의 손에 의해 죽음을 맞으면서 마치 흥겨운 춤을 추는 듯 했었다. 프란체스코는 열심히 산을 오르면서 아가타와 자신의 뒤로는 축제장 같은 산꼭대기에서 사랑의 기적에 함께하려는 성스러운 여인들의 행렬이 따르고 있다는 생각이 들었다. 성모 마리아는 멋지게 풀어헤친 향기로운 머리칼과 사랑스런 발걸음으로 신부와 그를 따르는 복자 위 여인들의 행렬에 훨씬 앞서 걸어갔는데, 그럼으로써 그녀의 눈길 아래에서, 그녀의 숨결 아래에서, 그녀의 발바닥 아래에서 모든 이들의 땅이 화려한 축제의 꽃으로 덮이게 하려고 했다. "나는 당신을 부릅니다! 나는 당신을 부릅니다!" 프란체스코는 환희에 차서 입김을 내뿜듯 부드럽게 말했다. "우리의 자애로운 별인 당신을 부릅니다!"

신부는 지치지도 힘들어하지도 않으면서 원뿔모양의 산 정상에

23_　여기서의 아가타는 고산목장의 소녀 아가타가 아니라 3세기경 시칠리아에서 활동한 전설상의 그리스도교 성인이자 순교자를 말한다. 그녀는 황제 데키우스가 시칠리아를 통치하기 위해 파견한 로마인 장관이 접근해오자 거절했고, 그 대가로 유방이 잘리는 잔인한 고문을 당했다고 한다. 그 뒤 화형장으로 끌려갔으나 화형집행 순간 지진이 일어나 화형을 면한 뒤 감옥에서 순교했다고 전해진다.

24_　이탈리아 아시시 출생으로 로마가톨릭교회 수사이자 저명한 설교가이며, 프란치스코회의 창설자이기도 하다. 생전에 사제 서품을 받은 적은 없지만 역사적으로 유명한 종교인 가운데 한 사람이다(1181~1226).

도달했다. 그곳은 거기에 자리한 조그만 예배당의 바닥면이 필요로 하는 만큼의 넓이를 거의 넘어서지 못했다. 예배당은 좁다란 가장자리와 작은 앞마당도 갖추고 있었는데, 마당 가운데에는 아직 잎이 나지 않은 어린 밤나무 한 그루가 자리 잡고 있었다. 성스러운 그곳의 둘레는 푸른 용담이 무성하게 감싸고 있어 한 조각의 하늘이나 마리아의 파란 옷 조각이 거칠게 지어진 작은 예배당 주변에 뿌려진 듯했다. 아니면 산의 꼭대기가 그대로 하늘의 푸름 속에 잠겨버렸다고도 생각할 수 있었다.

성가대 소년과 스카라보타 가족들은 이미 와서 밤나무 아래에서 편히 쉬고 있었다. 프란체스코는 얼굴이 하얗게 질렸는데, 비록 눈길을 슬쩍 던져보았을 뿐이라 해도 어린 목자 소녀가 보이지 않았기 때문이었다. 그러나 그는 근엄한 표정을 지으며 커다란 녹슨 열쇠로 예배당 문을 열었고, 실망감이나 영혼의 당혹스러운 몸부림은 내보이지 않았다. 그는 좁은 예배당 안으로 들어섰고, 안에서는 제단 뒤에서 성가대 소년이 곧장 몇 가지 미사 의식에 필요한 것을 준비했다. 가져온 병에 담긴 성수는 물기를 완전히 말린 대야에 부었는데, 형제자매들은 이제 죄 지은 거친 손가락을 거기에 담글 수 있었다. 그들은 성수를 뿌리고 성호를 긋고는 겸손한 경외심으로 문지방 바로 뒤에 무릎을 꿇고 앉았다.

그러는 동안 프란체스코는 불안에 쫓겨 다시 밖으로 나갔고, 거기에서 몇 걸음 이리저리 거닌 다음 갑자기 말문이 막힐 정도의 깊은 충격에 사로잡힌 채 산 꼭대기의 평탄면 아래에서 자신이 찾고 있던 소녀를 발견했다. 그녀는 하늘의 별처럼 반짝이는 푸른 용담꽃밭 위에서 쉬고 있었다. "들어가자. 널 기다리고 있었지."라고 신부는 외쳤다. 태연하게 보인 그녀는 천천히 일어났고, 내리깐 속눈썹 아래 차분한 눈길로 그를 바라보았다. 이때 그녀는 사랑스럽고 부드럽게 살짝 미소를 지었는데, 미소와 함께 달콤한 입의 자연스런 형상과 푸른 눈의 사랑스런 반짝임과 포동포동한 뺨의 부드러운 보조개가 어우러져 있었다.

이 순간 프란체스코가 마음속에 품어왔던 형상의 숙명적인 갱신과 완성이 이루어졌다. 그는 어린아이 같이 순진무구한 성모 마리아의 얼굴을 보았는데, 그 현기증이 날 만큼 사랑스러운 매력은 아주미미한 쓰디쓴 투박함과 연결되어 있었다. 뺨의 강한 홍조는 갈색이아닌 하얀 피부 위에 머물러 있었고, 그 뺨에서 석류 열매의 불길을지닌 촉촉한 빨간 입술이 반짝였다. 이 어린애 같이 순수한 머리에서나오는 음악 속의 모든 모습은 달콤함인 동시에 쓸쓸함이고, 우울함인 동시에 쾌활함이었다. 프란체스코의 시선 속에는 수줍어하는 머뭇거림과 동시에 애정 어린 요구가 자리하고 있었다. 두 가지 모두과격한 동물적 충동이 담긴 것이 아니라 자기도 모르는 꽃과 같은 것이었다. 소녀의 눈이 꽃의 수수께끼와 동화를 담고 있는 것 같다면 그녀의 전체적인 모습은 잘 익은 아름다운 과일에 더 가까웠다. 소녀의 머리는 정신을 표현한다는 측면에서 보는 한 완전히 어린아이의 것이었지만 포도송이 같이 부풀어 오른 충만함만은 어린아이 연령의 경계를 뛰어넘어 어른을 규정하는 나이에 도달한 성숙한 여자를 가리키고 있다는 것을 프란체스코는 경탄하며 알아냈다. 무거운 왕관을 쓴 것 같은, 일부는 흙색을 띤 갈색이며 일부는 좀 더 밝은 색의 무성한 타래를 이룬 머리칼은 귀밑머리와 이마를 둘러싸고 연결되어 있었다. 무겁게 내리누르는, 속에서 은밀하게 끓어오르는, 고상함이 무르익은 졸음은 소녀의 눈썹을 감기려는 듯이 보였고, 눈에 촉촉하게 솟구치는 사랑스러움을 가져다주었다. 그러나 머릿속의 음악은 상아 같은 목 밑에서 다른 음악으로 넘어갔고, 그것의 영원한 음표는 다른 의미를 표현했다. 어깨와 더불어 성숙한 여자가 시작되었다. 그것은 젊고 무르익은 충만함을 지닌 여자였으며, 지나치게 충만하여 어린아이 같은 머리에 딸린 것으로 보이지 않았다. 벗은 발과 햇볕에 그을린 건장한 종아리는 익은 과일 같은 충만함을 지니고 있어 신부가 생각하기에 그녀에게는 너무 무거울 듯했다. 그녀의 이 머리는 자신도 모르게, 기껏해야 희미한 예감 속에서 이시스25 같은 강

25_ 이집트 신화에 나오는 여신으로 헌신적인 아내이자 자애로운 어머니로서 생명의 원천이었고, 다른 신들의 능력을 능가하는 위대한 마법사였으며, 살아있는 모든 생명과 삼라만상을 보살피는 여신이었다.

렬한 감각적 신비로움을 지니게 되었다. 그러나 프란체스코는 바로 그렇기 때문에 자신이 이 여인의 머리와 이 막강한 몸에 구제불능으로 생사를 걸고 빠져들었다는 사실을 깨달았다.

이제 젊은 신부는 원죄로 인해 그토록 무거운 짐을 짊어진 하느님의 피조물과 재회하는 순간에도 그녀의 모든 것을 바라보고, 알아내고, 느꼈지만 사람들은 그가 입술을 조금 씰룩거린 것 외에는 그에게서 아무것도 특별한 낌새를 알아채지 못했다. "네 이름이 뭐지?"라고 그는 죄로 가득 찬 죄 없는 여인에게만 물었다. 목자 소녀는 아가타라고 자신의 이름을 댔는데, 프란체스코는 그녀의 목소리가 천국에 있는 잘 웃는 산비둘기의 웃음소리와 같다고 생각했다. 신부는 물었다.

"너는 읽고 쓸 수 있니?"

"아니오!"

"신성한 미사성제26에 대해 아는 게 있니?"

소녀는 그를 바라볼 뿐 아무 대답도 하지 않았다. 그러자 그는 그녀에게 예배당 안으로 들어가라고 일렀고, 자신도 들어가 그녀 앞에 섰다. 성가대 소년은 제단 뒤에서 신부가 미사복을 입는 것을 도왔

26_ 가톨릭교회에서 최후의 만찬을 기념하여 행하는 제사 의식으로 말씀의 전례와 성찬의 전례를 핵심내용으로 하고 있다.

고, 프란체스코는 머리에 각모를 썼으며, 이제 신성한 예배 절차를 시작할 수 있었다. 젊은 신부는 지금처럼 그렇게 장엄한 열정에 휩싸인 적은 없다고 느꼈다.

그에게는 더없이 인자한 하느님이 이제야 비로소 자신을 종으로 부른 것 같은 생각이 들었다. 이제 지금까지 그가 걸어온 사제로서의 서품의 길은 진정으로 신성한 것과는 전혀 공통점이 없는, 메마르고 내용이 없으며 기만적인 지나친 조급함일 뿐이었다고 여겨졌다. 그리고 이제 신성한 시간, 거룩한 시간이 그의 내면에서 시작되었다. 구세주의 사랑은 천상의 빗발처럼 쏟아지는 불꽃 속에 있었다. 그는 그 불꽃 속에 서있었고, 그것에 의해 그 자신의 내면에 있던 모든 사랑이 갑자기 터져 나와 불타올랐다. 그의 가슴은 끝없는 사랑을 품고 모든 창조물 속으로 널리 퍼져 들어갔고, 환희에 찬 한결같은 맥박으로 모든 피조물들과 결합되었다. 그를 거의 마비시킬 뻔한 이런 도취 상태에서 온갖 피조물에 대한 연민이 터져 나왔고, 신의 자비에 대한 열정이 훨씬 강해진 위력을 띠고 솟구쳐 나왔다. 그리고 그는 이제야 비로소 거룩한 성모교회와 그 봉사에 대해 완전하게 이해하게 되었다고 생각했다. 그는 이제 완전히 다른, 새로워진 열정을 가지고 성모교회의 종이 되고자 했다.

그가 아가타에게 어떤 비밀을 숨기고 있는지 물었지만 그녀는 산 정상에 올라와서까지도 그에게 그것을 털어놓지 않았다. 그는 알아차리지 못했지만 그도 침묵하게 한 그녀의 침묵이 뜻하는 것은 이제 두 사람이 고백을 통해 서로의 비밀을 함께 알아야 한다는 것이었다. 영원한 어머니[27]는 온갖 변화의 총체였고, 그는 의지할 곳 없이 어둠 속에서 비틀거리는 버림받은 하느님의 아이들을 이곳 지상의 꼭대기로 유인하여 하느님 아들이 행한 변화의 기적과 신의 영원한 살과 피를 보여주려 하지 않았던가? 젊은 신부는 일어나서 충만한 눈으로 기쁨에 넘쳐 성배를 들어올렸다. 그는 마치 자신이 하느님이 된 듯했다. 그는 자신을 선택받은 자이자 거룩한 도구로 여겼다. 이런 상태에 빠져 그는 기쁨과 전지전능함을 느끼면서 보이지 않는 장기들과 함께 자신이 온전히 천국에서 자라나고 있다는 느낌이 들었다. 그는 그런 느낌이 자신을 교회와 성직자들의 온통 우글대는 패거리를 뛰어넘어 끝없이 높이 끌어올린다고 믿었다. 그들이 그를 보려면 그가 서 있는 현기증 나게 높은 제단을 놀랄만한 경외심으로 올려다보아야 했다. 왜냐하면 그는 베드로가 선택한 열쇠 관리자인 교황과는 완전히 다르고, 더 숭고한 의미를 띤 제단 위에 서있기 때문이었다. 그는 제2의 더 밝은 태양이 비추는 듯한 공간의 무한성 속으로 들어가 몸을 떨면서 환희에 차 모든 창조물들을 영원히 새롭게 탄생시키는 신의 육신의 상징으로서 성찬과 변화의 성배를 들고 있었다. 그리고

27_　영원한 어머니는 그리스도교에서 흔히 성모 마리아를 일컫는다.

그가 영원하다고 생각했지만 실제로는 2 내지 3초 동안 성배를 들어 올린 채 그렇게 서 있는 동안 그에게는 잔트 아가타의 원뿔형 산이 아래로부터 위까지 열심히 경청하는 천사들과 성자들과 사도들로 덮여 있는 것 같은 생각이 들었다. 그러나 더 멋지게 보인 것은 둔탁한 북소리와 예쁘게 차려입은 여자들의 윤무였는데, 꽃 장식을 달고 작은 예배당 주변을 돌고 있는 그것은 벽들 사이로 선명하게 보였다. 그 뒤에서는 석관에 새겨져 있던 술에 취해 광란하는 여자들이 맴돌고 있었고, 굽은 다리를 한 호색가들이 춤을 추며 펄쩍펄쩍 뛰었는데, 그들 중 몇 명은 루치노 스카라보타의 나무로 된 그 생식의 상징물을 가지고 흥겹게 열을 지어 돌아다니고 있었다.

조아나로 내려가는 길은 프란체스코에게 너무 깊이 생각하는 데에서 벗어나 냉정함을 가져다주었다. 그는 마치 도취의 술잔에서 마지막 효모찌꺼기를 마셔버린 사람과 같았다. 스카라보타 가족은 미사가 끝난 후 떠났다. 오빠, 여동생, 딸은 작별하면서 젊은 신부의 손에 고맙다며 입맞춤을 했다.

그는 이제 평지로 점점 더 깊이 내려갈수록 저 위에서 미사를 올렸던 자신의 영혼의 상태에 대해 점점 더 의심스러운 생각이 들었다.

잔트 아가타 산의 꼭대기도 분명히 전에는 어떤 우상에게 바쳐진 이 교의 신전이었다. 어쩌면 저 위에서 신성한 정신의 소리인 듯 그를 사로잡았던 것은 예수 그리스도를 넘어뜨렸지만 파멸적인 힘만은 세상의 창조자이자 조정자로부터 여전히 허용 받은 몰락한 신정국가의 악마적 작용이었을 것이다. 조아나로 내려와 사제관에 도착하자 무거운 죄를 저질렀다는 의식이 신부를 온통 사로잡았고, 두려움이 너무 심한 나머지 그는 점심도 먹기 전에 사제관과 벽이 맞닿아 있는 교회로 들어갔다. 열렬한 기도를 통해 최고의 중재자에게 신뢰를 얻고 가능하면 그의 은총으로 정화 되고자 한 것이다.

그는 무력감을 뚜렷하게 느끼면서 하느님에게 악령들의 공격에 자신을 넘기지 말아달라고 빌었다. 또한 악령들이 온갖 방법으로 자신의 존재를 공격하고, 경우에 따라 축소하거나 지금까지의 자신의 건강한 경계를 뛰어넘어 확대하고, 끔찍스런 방식으로 변화시킬 때 기분 좋은 느낌이 든다고 고백했다. 프란체스코는 하느님에게 말했다.

"저는 당신의 명예를 위해 세심하게 경작된 작은 정원이었습니다. 그런데 이제 그것은 대홍수 속으로 빠져버렸고, 홍수는 아마도 행성들의 영향으로 점점 더 수위가 높아지고, 저는 작은 조각배 안에서 한없이 밀려드는 물결 위를 이리저리 떠돌고 있습니다. 전에는 제가 갈 길을 정확히 알고 있었습니다. 그것은 당신의 거룩한 교회가 종들에게 보여준 것과 똑같은 것이었습니다. 하지만 저는 지금 제 목표와

길을 확신하는 것보다 더 많은 것을 강요받고 있습니다."

프란체스코는 계속해서 간청했다.

"저에게 지금까지의 제한과 확신을 주시고, 사악한 천사들에게 당신의 힘없는 종들에 대한 위험한 타격을 멈추도록 명해주십시오. 오, 저희를 시험으로 이끌지 말아 주십시오. 저는 당신에게 봉사하는 가운데 불쌍한 죄인들에게로 올라갔었으나 이제는 분명하게 한정된 제 거룩한 의무의 영역으로 돌아가게 해주십시오."

프란체스코의 기도에는 더 이상 이전의 분명함과 통찰이 담겨있지 않았다. 그는 서로를 배척하는 것들을 청했다. 그는 이따금 자신의 청이 담긴 열정의 물길이 하늘에서 비롯된 것인지 다른 원천에서 나온 것인지 의문을 품었다. 다시 말하면 그는 자신이 근본적으로는 하늘에 대고 지옥의 선을 간청하는 것은 아닌지 정확히 알 수가 없었다. 그가 스카라보타 형제자매들을 기도에 포함시킬 때면 그리스도교적 연민과 사제로서의 걱정이 생겨났다. 그것은 그가 뜨거운 눈물을 흘리면서까지 열정적으로 하늘에 대고 아가타를 구원해달라며 간청했을 때와 똑같은 상황이 아닌가?

이 의문에 대해 그는 우선은 그렇다고 답할 수 있었다. 왜냐하면 그가 그 소녀와의 재회에서 느꼈던 억센 본능의 분명한 충동이 한없이 순수한 것에 푹 빠져버린 느낌으로 변해갔기 때문이다. 이런 변화로 인해 프란체스코는 하느님의 어머니인 마리아 대신 죽을죄의 열매인 소녀가 기도와 생각 속으로 밀려들어와 마돈나의 화신처럼 되었음을 깨닫지 못하게 되었다. 5월 1일 조아나 교회에서는 어디서나 마찬가지로 특별한 성모숭배가 시작되었는데, 그것을 알고 젊은 신부의 경계심은 많이 누그러졌다. 날마다 저녁에 해질 무렵이면 그는 축복 받은 동정녀의 미덕을 주제로 주로 조아나의 부인들과 딸들 앞에서 짤막한 설교를 했다. 그 전후에 교회의 본당은 마리아를 기리는 찬송가가 울렸는데, 그것은 열린 문을 통해 바깥 봄 속으로 퍼져나갔다. 그리고 가사와 음악에 따른 너무나 사랑스러우며 오래되고 멋진 선율 속으로 밖에서 들려오는 흥겨운 참새들의 소리가 합류했고, 가까이에 있는 축축한 계곡에서는 나이팅게일의 한없이 감미로운 목소리가 들려와 함께 섞였다. 그런 시간이면 프란체스코는 겉으로는 마리아를 섬기는 듯했지만 전적으로 그의 우상[28]을 섬기는 데에 헌신하고 있었다.

만약 조아나의 어머니들과 딸들이 신부의 눈을 보고 날마다 이 저주받은 죄악의 열매를 예찬하기 위해, 아니면 마리아 찬송가의 엄숙한 울림을 멀리 암반에 높이 붙어있는 작은 고산목장 위로 울리게 하기 위해 자신들로 모임을 만들었다고 생각했다면 그는 틀림없이 돌에 맞아죽었을 것이다. 그러나 전체 교회 신도들의 경탄하는 눈앞에

28_   목자 소녀 아가타를 의미한다.

서 젊은 성직자의 신앙심은 날이 갈수록 자라나고 있는 듯했다. 점차 나이가 많든 적든, 부유하건 가난하건, 한마디로 시장부터 거지에 이르기까지, 가장 신앙심이 깊은 그리스도교도들로부터 가장 무관심한 사람들에 이르기까지 모두가 프란체스코의 거룩한 5월의 황홀경 속으로 빠져들었다.

이제 그가 자주 떠난 길고 외로운 길조차도 젊은 성직자를 위한 것으로 좋게 해석되었다. 그런데 그 길을 떠난 것은 오로지 그런 기회에 우연히 아가타를 만날 수 있게 되기를 바라는 마음에서였다. 그는 속마음이 드러날까 두려워하며 스카라보타 가족을 위해 정해놓은 다음번 특별예배까지 1주일 이상의 시간적 공백이 견딜 수 없이 길게 여겨졌다.

자연은 여전히 그가 처음으로 작은 성지의 꼭대기에 있는 잔트 아가타로 올라갈 때 알아챘던 것과 마찬가지로 마음을 활짝 열고 그에게 말을 걸었다. 온갖 풀줄기, 온갖 꽃, 온갖 나무, 온갖 포도 잎과 담쟁이 잎이 존재의 근원에서 울려나오는 언어로 된 어휘들일 뿐이었다. 그 언어는 깊은 정적 속에서 힘차게 부스럭거리며 말하고 있었다. 그의 생각으로는 어떤 음악도 그토록 거룩한 정신으로 충만하여 자신의 온 존재를 꿰뚫고 들어온 적은 없었다.

프란체스코는 매일 밤 깊고 편안한 잠을 이루지 못했다. 그에게 울린 신비스런 기상신호는 죽음을 죽이고, 그 형제인 잠을 추방한 것처럼 보였다. 도처에서 솟구치는 생명력으로 충만한 이 창조의 밤들은 프란체스코의 젊은 육신에 신성한 각성의 시간이 되었다. 그리하여 그는 이따금 몸에서 신이 가진 비밀의 마지막 베일이 벗겨져 내리는 듯한 느낌을 받게 되었다. 그가 거의 잠을 깨우는 뜨거운 꿈에서 눈을 떠 감각이 깨어있는 상태로 자주 넘어가고, 밖에서는 조아나의 폭포가 낮보다 두 배는 더 큰 소리를 내며 쏟아져 내리고, 달이 웅장한 계곡의 어둠과 싸우고, 거대한 검은 구름이 중얼거리면서 게네로조 산의 가장 높은 봉우리를 어둡게 할 때면 마치 봄비에 우듬지를 적시는 목마른 나무둥치가 바람에 몸서리치듯 프란체스코의 육신은 기도를 드림으로써 전례 없이 격렬하게 떨렸다. 이런 상태에서 그는 삶의 불타는 핵심과도 같은 거룩한 창조의 기적 속으로, 모든 존재를 꿰뚫는 가장 신성하고 내면적인 어떤 것 속으로 자신을 집어넣어달라고 갈망하며 하느님과 싸웠다. 그는 말했다.

"오, 전능하신 하느님이시여, 거기에서 당신의 가장 강한 빛을 내려주옵소서! 결코 꺼지지 않는 불꽃의 물결 속으로 흘러드는 이 핵심으로부터 존재의 모든 기쁨과 가장 깊은 쾌락의 비밀이 널리 퍼져나갑니다. 오, 하느님, 제 무릎 위에 완성된 창조물을 놓아주시는 대신 저를 공동창조자로 만들어주십시오. 결코 중단되지 않는 당신의 창조활동에 저를 참여시켜 주십시오. 다른 어떤 것도 아닌 바로 그렇게 함으로써만 저도 당신의 천국에 함께할 수 있게 될 테니까요."

프란체스코는 옷을 벗은 채 뜨겁게 달아오른 사지의 열을 식히기 위해 방 안의 활짝 열어젖힌 창가로 가 이리저리 돌아다니며 밤공기로 육신을 흠뻑 적셨다. 그때 그에게 게네로조 산의 거대한 바윗등 위로 검은 폭풍우가 머물고 있다는 생각이 들었다. 마치 무시무시한 황소가 발꿈치를 깔고 앉아 콧구멍으로 비를 내뿜고, 음울하게 번득이는 눈으로 번쩍번쩍 번개를 쏘아대며, 옆구리를 씰룩이면서 번식이라는 생식행위를 하는 것 같았다.

이와 같은 상상은 전적으로 이교적인 것이었고, 신부도 그것을 잘 알고 있었지만 지금은 그것이 그를 불안하게 하지 않았다. 그는 밀려오는 봄기운의 일반적인 마력에 이미 너무 깊이 빠져 있었다. 그를 가득 채운 마력적인 입김은 그의 협소한 성격의 경계를 무너뜨리고 보편적인 존재로 그를 넓혔다. 이른 새벽의 죽은 자연에서 신들은 여기저기 어디에서나 태어났다. 그리고 프란체스코의 영혼 속 깊은 바닥도 열려 수백만 년 동안 심연에 가라앉아 있던 것들의 형상들을 끌어올렸다.

어느 날 밤 그는 반쯤 깨어 있는 상태에서 무시무시하게 정신을 몰입시키는 괴롭고 무서운 꿈을 꾸었다. 그는 어떤 신비한 모습의 목격자가 되었다. 그 모습은 끔찍스러운 낯선 것인 동시에 저항할 수 없는 아주 오래 된 힘을 봉헌 받은 자가 내뿜는 것과 같은 어떤 것이었다. 몬테 게네로조 산의 바위 어딘가에 수도원들이 숨겨져 있는 것처럼 보였고, 거기에서 아래로 뻗은 위험한 좁은 길과 돌계단이 접근하기 어려운 동굴들로 이어져 있었다. 이 바위계단으로 갈색 수도복을 입은 수염을 기른 남자들과 노인들이 장엄한 행렬을 지어 내려갔다. 그들의 깊은 명상에 빠져 있는 동작과 함께 무아경에 잠긴 얼굴은 무시무시한 느낌을 주었고, 그들에게 끔찍한 의식을 수행하라는 벌이 내려진 것처럼 보였다. 이들의 거의 거인 같은 야성적인 모습은 숨이 막힐 정도로 존경스러웠다. 그들은 황폐해질 대로 황폐해진 무성한 머리털이 턱수염과 뒤섞여 있는 머리를 꼿꼿이 치켜들고 내려왔다. 그리고 이 가혹하고 동물적인 의식의 집행자들을 여자들이 뒤따랐는데, 그들은 무거운 금빛이나 검정색 망토를 두른 것처럼 어마어마하게 파도치는 머리칼로만 몸을 감싸고 있었다. 무시무시한 충동의 멍에가 꼿꼿이 서서 말없이 내려가는 꿈속의 은둔자들을 정신없이 바라보고 있는 동안 여자들에 대한 공경심이 생겨났는데, 그것은 무서운 신에게 스스로를 바치는 희생동물에 대한 공경심과 같은 것이었다. 수도사들의 눈에는 마치 미친 짐승의 독이 든 고기를 먹음으로써 상처를 입거나 광포하게 폭발하게 될 광기가 핏속으로 들어오게 되는 것인 양 말없는 무의식의 분노가 담겨 있었다. 여자들의 이마와 경건한 신앙심으로 내리깐 눈썹 속에는 숭고한 장엄함이 담겨 있었다.

마침내 게네로조의 은둔수도사들은 살아있는 우상처럼 한 사람씩 분리되어 암벽의 얕은 동굴 안에 서있었고, 추악하면서도 숭고한 남근숭배의식이 시작되었다. 그것은 너무도 끔찍하였고, 그래서 프란체스코는 소스라치게 놀랐다. 치명적인 진지함과 불안스런 신성함으로 소름이 끼쳤다. 억센 부엉이들이 암벽에서, 떨어져 내리는 폭포 옆에서, 마법 같은 달빛 속에서 날카로운 울음소리를 내며 샅샅이 살피고 있었다. 그러나 커다란 나이팅게일들의 힘찬 울음소리는 쾌락의 고통으로 죽어가는 여수도자들의 심장을 멎게 하는 고통스런 비명에 의해 묻혀 버렸다.

마침내 버림받은 가련한 고산 목자들을 위한 예배의 날이 다시 다가왔다. 그날은 프란체스코 벨라 신부가 잠자리에서 일어난 아침부터 이미 그가 경험했던 이전의 어느 날과도 비교되지 않았다. 그렇게 모든 총애 받는 사람들의 삶 속에서는 예상치 못한 뜻밖의 날들이 반짝이는 계시와도 같이 솟아오르는 법이다. 그 젊은이는 이날 아침 성자도 대천사도 되고 싶지 않았고, 손수 신이 되는 것도 원치 않았다. 오히려 그에게는 약간의 두려움이 살금살금 다가왔는데, 시기심이 성자, 대천사, 신들을 그의 적으로 만들 것 같았던 것이다. 왜냐하면 그는 이날 아침 성자나 천사나 신보다 자신이 더 고상하다는 생각을 했기 때문이다. 그러나 저 위 잔트 아가타에서는 실망이 그를 기다리고 있었다. 성자의 이름29을 가진 그의 우상이 교회에 갈 수 없게 되었던 것이다. 창백해진 신부가 이유를 묻자 거칠고 동물 같이 되어버린 아버지는 그저 거칠고 동물 같은 소리만 내뱉었다. 반면 그의 아내이자 누이동생은 딸이 집에서 할 일이 있기 때문이라고 미안해했다. 그리하여 프란체스코는 신부로서의 성스러운 역할을 아무런 관심도 없이 수행하여 미사가 끝날 무렵에는 자신이 그것을 시작했었는지조차 정확히 알 수 없을 정도였다. 마음속에서 그는 지옥 같은 고통을 겪었는데, 정말로 지옥으로 떨어짐으로써 불쌍하게 버림받은 자가 된 그런 상황과 비슷했다.

그는 복사를 스카라보타 남매와 함께 떠나게 한 뒤 여전히 정신이 완전히 나간 상태로 행선지도 없이, 얼마나 위험한지도 모른 채 가파른 원뿔형 산의 한쪽 면을 내려갔다. 그는 이번에도 물수리들이 장엄하게 맴돌면서 내지르는 소리를 들었다. 그러나 그에게 그 소리는 거짓으로 반짝이는 하늘에서 쏟아져 내리는 조롱처럼 울려왔다. 그는 혼란스런 기도와 저주의 말을 응얼거리면서 물이 마른 실개천의 자갈밭에서 숨을 헐떡이며 뛰어가다가 미끄러졌다. 그는 질투로 고문당하는 느낌이 들었다. 죄인 아가타가 무슨 일인가로 인해 산타 크로

29_ 성자의 이름은 순교자 아가타를 말하며, 여기에서는 같은 이름을 가진 목자 소녀를 의미한다.

체의 고산목장에 갇혀 있는 것 외에 다른 일은 일어나지 않았음에도 불구하고 신부는 그녀가 애인이 있어 교회에서 훔친 시간을 그 녀석의 파렴치한 팔에 안겨 보낸 것이 아닌가 여겼다. 그는 갑자기 그녀와 멀리 떨어져 있음으로써 그녀에게 자신이 크게 종속되어 있음을 깨닫는 동시에 두려움, 당혹감, 분노가 교차되는 것을 느꼈다. 그리고 그녀를 벌하고픈 충동과 함께 자신을 고통에서 구제해줄 그녀에 대한 맞사랑을 구걸하고 싶은 충동도 느꼈다. 그는 사제로서의 자부심을 결코 버린 적이 없었다. 그것이야말로 가장 억세고 확고부동한 것이니! 그런데 이런 자부심이 가장 깊숙이 손상당했다. 그에게 있어 아가타가 나오지 않은 것은 삼중의 굴욕이었다. 그 죄인 소녀는 자연인인 남자를 버렸고, 하느님의 종을 버렸으며, 성찬을 베푸는 자를 버렸던 것이다. 그 남자, 그 사제, 그 성자는 어쩌면 그 사이 그녀가 자기보다 더 좋아하게 됐을 목동인지 나무꾼인지 모르는 그 짐승 같은 녀석을 생각할 때면 경련을 일으키는 허무감에 휩싸여 격노했다.

찢어지고 먼지 묻은 수단을 걸치고, 손이 벗겨지고 얼굴을 긁힌 채 프란체스코는 몇 시간 동안 험한 산길을 이리저리 헤매며 기어오르고, 골짜기를 오르내리고, 금작화 덤불 사이를 지나고, 쏼쏼 소리 내며 흐르는 산 개천을 건넌 끝에 가축 떼의 종소리가 들리는 게네로조의 어느 지역에 이르렀다. 그는 자신이 도착한 곳이 어디인지 한 순간도 의심하지 않았다. 그는 떠나온 조아나를 내려다보았고, 밝은 햇살에 뚜렷하게 보인 자신의 교회를 바라보았으며, 자신이 부재중인데도 헛되이 성소를 찾아 밀려든 군중들을 알아보았다. 지금은 그가 제의실에서 미사복을 입어야 할 시간이었다. 그러나 그에게는 자신을 고산목장으로 힘껏 끌어당기는 보이지 않는 사슬을 끊어내는 것보다 차라리 태양에 밧줄을 둘러매어 그것을 끌어내리는 것이 더 쉬울 것 같았다.

바로 그때 서서히 어떤 느낌이 밀려오듯 신선한 산 공기에 실려 온 향기로운 연기 같은 것이 젊은 신부의 코로 흘러들었다. 그는 자신도 모르게 주변을 살피며 둘러보던 중 그다지 멀지 않은 곳에서 어떤 남자가 앉아있는 모습이 보였다. 그는 조그맣게 지핀 불을 지키고 있는 듯했으며, 불의 가장자리에 놓인 수프가 가득 담긴 듯한 양철 냄비에서는 김이 나고 있었다. 앉아있는 남자는 신부를 향해 등을 돌리고 있었기 때문에 신부를 보지 못했다. 그래서 신부는 거의 백발인 그의 둥근 머리와 억센 갈색 목덜미만 알아볼 수 있었으며, 어깨와 등에는 오랜 세월과 날씨와 바람에 의해 흙빛이 되어버린 재킷을 느슨하게 걸치고 있었다. 농부인지 목자인지 나무꾼인지 모를 그 남자는 불을 향해 몸을 숙이고 앉아 있었으며, 가까스로 보이는 불꽃은 산바람에

눌려 땅과 수평으로 뻗어나가 짙은 연기를 납작하게 퍼뜨렸다. 겉으로 보기에 그는 일에 몰두하고 있었다. 곧 밝혀졌지만 그는 목각공이었으며, 하고 있는 일 앞에서는 신과 세상을 잊어버린 사람처럼 대부분 침묵했다. 프란체스코가 무슨 이유에선지 불안한 마음에 그의 모든 동작을 외면한 채 오랫동안 서 있을 때 젊은이로 보이는 그 남자가 불 옆에서 나지막하게 휘파람을 불기 시작했다. 그는 일단 한번 휘파람으로 연주를 하고 나서 갑자기 어떤 노래의 구절들을 엉망진창인 멜로디로 공중으로 날려 보냈다.

프란체스코의 가슴은 거세게 고동쳤다. 그가 그토록 급하게 계곡을 오르내리면서 내려왔기 때문이 아니라 다른 이유에서였다. 한편으로는 그가 처한 상황의 특수성 때문이었고, 다른 한편으로는 불 옆의 남자에게 접근함으로써 받은 특이한 인상에서 비롯한 이유에서였다. 그 갈색의 목덜미, 머리 위의 곱슬곱슬한 황백색 고수머리털, 허름하게 걸친 망토 속에서 짐작되는 젊고 충만한 육체, 산악거주자들에게서 느껴지는 자유롭고 흡족한 아늑함 등이 함께 어우러져 프란체스코의 마음속으로 재빨리 파고들었고, 그의 병적이며 맹목적인 질투는 더 고통스럽게 불타올랐다.

프란체스코는 불쪽으로 걸어갔다. 그가 숨어 있기는 불가능할 듯했다. 게다가 억제할 수 없는 힘이 그를 끌어당기고 있었다. 그때 그 산속의 사람이 몸을 돌리고는 신부가 아직 비슷한 모습조차 본 적이 없는 젊음과 힘으로 충만한 얼굴을 드러냈다. 그리고 그는 일어나서 다가오고 있는 신부를 바라보았다.

프란체스코에게는 그가 목동과 관련이 있는 사람이라는 것이 분명해졌다. 그가 만든 목각이 투석기였기 때문이다. 그는 여기저기에 보이는 갈색과 검정색 점이 박힌 소들을 감시했는데, 아주 멀리 떨어져 가려진 채 바위와 수풀 사이를 이리저리 돌아다니는 소들은 황소와 암소 한두 마리의 목에 매달린 종을 통해 자신들의 위치를 알렸다. 그는 기독교인이었다. 그 지역의 모든 산중 예배당들과 성모 초상들 사이에서 그가 어떻게 기독교인 아닌 다른 사람이 될 수 있었을까? 그는 거룩한 교회의 아주 특별히 헌신적인 아들로 보였는데, 신부의 복장을 알아보고는 곧장 프란체스코의 손에 경외심이 담긴 열정과 공손함을 표하며 입맞춤을 했기 때문이다.

그러나 신부가 곧장 알아챘듯이 그는 그밖에는 교회의 다른 아이들과 닮은 점이 없었다. 더 억세고 땅딸막하게 생겼고, 근육은 운동선수의 그것과 같았으며, 눈은 푸른 호수 깊숙한 곳에서 나온 듯했고, 먼 곳을 바라보는 시선은 언제나 잔트 아가타 상공을 맴도는 갈색 물수리의 그것과 같았다. 그의 이마는 들어가 있었고, 입술은 도톰하고 촉촉했으며, 시선과 미소는 대단한 솔직함을 나타내고 있었다. 많은 남부지방 사람들에게 있어 특징적인 무언가를 숨기고 있거나 무언가를 숨어서 기다리는 것 같은 인상은 그에게서 찾아볼 수 없었다. 이 모든 것에 영향을 받은 프란체스코는 몬테 게네조로 산의 그 금발의 젊은 아담에게 눈에 눈을 마주치면서 그를 만나게 된 경위를 설명하고, 그토록 자연 그대로의 아름다운 촌뜨기는 지금까지 본 적이 없다고 고백했다.

그는 자신이 오게 된 진정한 이유를 숨기는 동시에 자신이 나타나게 된 것을 이해시키기 위해 자신이 멀리 떨어져 있는 오두막집에 사는 죽어가는 사람에게 성찬식을 올려주고 나서 복사 없이 돌아가는 길이었다고 거짓말을 했다. 그러면서 그는 길을 잃고 미끄러져 내리고 굴러 떨어졌으며, 조금 쉬고 나서 올바른 길을 찾을 수 있게 되기를 기원하고 있었다고 이야기했다. 목동은 이런 거짓말을 믿었다. 그는 호탕하게 웃으며 건강한 치열을 내보이면서도 당혹해 하면서 신부의 이야기를 들어주었고, 어깨에 걸친 재킷을 벗어던져 불 옆 길가에 펼쳐놓고 신부에게 앉을 자리를 마련해 주었다. 이렇게 하느라 그의 갈색으로 번득이는 어깨가, 아니 허리띠까지의 상반신 전체가 벗겨졌고, 그가 속옷을 입고 있지 않다는 것이 드러났다.

이런 자연 그대로의 아이와 대화를 시작하는 데에는 상당한 어려움이 있었다. 그는 성직자와 단둘이 있는 것을 힘들어하는 것 같았다. 그는 한동안 꿇어앉아서 불에 바람을 불어넣으며 나뭇가지를 집어넣고, 이따금 냄비뚜껑을 열고 알아들을 수 없는 사투리로 몇 마디 말을 한 다음 아주 갑작스럽게 힘찬 환호성을 질렀다. 그것은 게네로조의 암벽에 부딪혀 되돌아와 다중의 메아리가 되어 울렸다.

　메아리가 사라지자마자 날카롭게 외치는 소리와 웃음소리가 점점 가까이 들려왔다. 그것은 다양한 목소리들이었는데, 번갈아가며 들리는 아이들의 웃음소리와 도와달라고 외치는 여자의 목소리가 구별되었다. 이 여자의 목소리가 울려오자 프란체스코는 팔다리가 마비되는 느낌이었다. 그리고 동시에 진정한 실제적 삶의 비밀을 지니고 있는 자연 그대로의 그의 존재를 끄집어낸 것과도 같은 어떤 힘이 생겨난 것 같았다. 프란체스코는 마치 남자로 된 가시덤불인 양 불타올랐지만 겉으로는 아무런 표를 내지 않았다. 그는 마음속은 잠시 정신을 차릴 수 없는 상태였지만 알 수 없는 해방감과 동시에 달콤하며 벗어날 수 없는 구속감도 느꼈다.

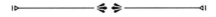

　그러는 동안 여자의 도와달라고 외치는 소리가 웃음소리에 묻혀 점점 가까이 들려왔고, 급경사길이 완만하게 바뀌는 곳에 이르기까지 순진무구하면서 정말로 특별하고 목가적인 모습이 눈에 들어왔다. 고산목장을 처음 방문했을 때 프란체스코 신부를 괴롭혔던 바로 그 점박이 숫염소가 요란하게 법석을 떠는 아이들에게 쫓기는 가운데 숨을 헐떡이고 반항하면서 떠돌이들의 작은 행렬을 이끌고 가고

있었다. 숫염소의 등에는 대원들 중에서 유일한 여자 떠돌이 하나가 말 탄 자세로 타고 가고 있었다. 프란체스코가 처음 본다고 생각한 어여쁜 소녀는 숫염소의 굽은 뿔을 힘껏 붙잡고 있었는데, 염소의 목을 끌어당기면서 자기 몸을 너무 심하게 뒤로 젖힘으로써 염소를 멈추게 할 수도 등에서 뛰어내릴 수도 없었다. 소녀는 아마도 아이들에게 재미있는 모습을 보여주기 위해 이런 이러지도 저러지도 못하는 상태를 만들었을 것이다. 그녀는 염소 등에 정식으로 앉지 않고, 타고 다니기에는 적합하지 않은 그 동물의 양쪽에서 맨발로 땅을 디디면서 타고 간다기보다는 걸어서 감으로써 그 반항적이며 다혈질인 숫염소에게서 떨어지지 않으면서도 그것을 달아나지 않게 할 수 있었다. 그리하여 그녀의 머리칼은 풀어헤쳐졌고, 조잡한 셔츠의 멜빵이 어깨에서 흘러내림으로써 멋진 반구가 드러났다. 그리고 거의 종아리까지 내려왔던 목자 소녀의 조그만 치마는 지금은 통통한 무릎을 덮을 정도로 조금 더 올라가 있었다.

대체 그 떠돌이 소녀가 누구인지를, 또한 갈망하며 찾던 고통스런 그리움의 대상이 바로 그녀였다는 것을 신부가 깨닫게 되기까지는 꽤 시간이 걸렸다. 소녀의 외침, 웃음, 억지스런 거친 동작, 풀어져 나풀거리는 머리칼, 벌린 입, 이따금씩 헐떡이며 숨 쉬는 솟아오른 가슴, 염소를 타는 온통 억지스러우면서도 자발적인 용감무쌍함 등이 외면상으로 그녀를 완전히 바꿔 놓았다. 그녀의 얼굴에 불그레한 빛이 번져나갔고, 기쁨과 두려움에 귀엽고 사랑스럽게 보이는 부끄러움이 섞이면서 그녀는 숫염소의 뿔을 잡고 있던 양손 중 한손을 재빨리 위험하게 솟아올라간 치맛단으로 가져다 댔다.

프란체스코는 마비시키는 힘을 내려 받은 듯 마법에 홀려 소녀의 모습에 사로잡혀 있었다. 그는 아주 멀리서가 아닌 가까이에서 마치 마녀가 말을 타고 날아가는 것을 연상시키는 모습을 보고 멋지다는 생각이 들었다. 한편 고대세계에 대한 그의 인상이 활발하게 피어올랐다. 그는 여전히 맑은 산속의 물이 넘쳐흐르는 가운데 조아나의 마을 광장에 서있는, 자신이 최근에 거기에 새겨진 조각들을 살펴본 바 있는 대리석 석관을 생각했다. 마치 화환을 쓴 포도주의 신과 춤추는 호색가들과 표범이 끄는 승리마차들과 피리 부는 여인들과 술주정뱅이 여인들의 돌로 되어 있으면서도 살아있는 세계가 게네로조의 돌 덮인 황량한 땅 속에 숨어 있는 듯했고, 갑자기 성령에 감동한 여자들 중 한 사람이 광적인 여자들이 미쳐 날뛰는 산중의 의식에서 뛰쳐나와 뜻밖에도 지금의 이 삶 속으로 들어온 것 같았다.

프란체스코가 아가타를 곧바로 알아보지 못한 것과는 달리 숫염소는 신부를 곧장 알아보았다. 그래서 숫염소는 소리쳐도 반항해도 떨쳐낼 수 없던 고통스런 짐을 곧장 신부에게 넘겨주게 되었다. 숫염소는 전혀 주저하지 않고 갈라진 앞발굽으로 신부의 무릎에 올라섰고, 그럼으로써 등에 타고 있던 소녀는 마침내 풀려나 천천히 등에서 내려왔던 것이다.

소녀가 낯선 사람이 와 있다는 것을 알고 나서, 이 낯선 이가 다름 아닌 프란체스코라는 것을 알아차리자 그녀의 웃음과 쾌활함은 돌연 사그라졌고, 방금 전까지도 기쁨으로 빛났던 얼굴은 곧장 하얗게 질린 도전적인 표정으로 변했다.

"너 오늘 왜 교회에 오지 않았지?"

프란체스코는 몸을 일으키면서 이렇게 물었다. 목소리의 톤과 창백한 얼굴의 표정은 틀림없이 그가 화가 나 있다는 점을 나타내고 있었다. 물론 그의 그런 흥분된 감정에는 나름대로의 다른 원인이 있었다. 그가 흥분을 감추고 싶었기 때문이었든, 당황하고 무력감이 들어서였든, 실제로 그가 마음속에서 분노로 빠져들었기 때문이었든 분노는 점점 더 커갔고, 급기야 목동을 불쾌한 느낌으로 올려다보게 되었다. 소녀의 얼굴은 홍조를 띠었다가 당황하여 창백해졌다가 부끄러움이 담긴 표정으로 차례로 변해갔다.

그러나 프란체스코가 정신을 집중할 필요도 없이 유창한 말을 내뱉으며 벌을 주는 동안 그의 마음속은 차분했고, 하얀 이마의 핏줄이 부풀어 오르면서 그는 구제의 기쁨을 느꼈다. 방금 전 느꼈던 극심한 삶의 궁핍은 풍요로 바뀌었고, 고통스런 배고픔은 포만감으로 바뀌었으며, 방금 전 저주했던 지옥 같은 세계는 지금은 천국의 빛으로 가득 찼다. 그리고 분노의 쾌락을 더 세차게 쏟아내면 쏟아낼수록 그 쾌락은 점점 더 강해졌다. 그는 방금 전 자신이 처했던 그 절망적 상태를 잊지 않았지만 마음속에서는 환호성이 울렸고, 이 상태를 축복하고 또 축복하지 않을 수 없었다. 이런 상태는 행복으로 넘어가는 다리였다. 프란체스코는 이미 사랑의 마력적 굴레 속에 너무나 깊이 빠져 들어 그저 사랑하는 대상이 존재한다는 것만으로도 행복에 취하게 하고, 그토록 가까이에 있는 그것 없이 살아간다는 건 생각조차 할 수 없게 만드는 지극한 행복감이 솟아났다.

이 모든 행복감에 휩싸여 젊은 신부는 자신에게 어떤 변화가 일어났는지를 느꼈고, 더 이상 이를 숨길 수 없었다. 존재의 진정한 상태가 흡사 알몸과도 같이 튀어나왔다. 그가 행한 광적인 사냥은 교회에 의해서가 아니라 그에게 분명하고 엄격하게 영향을 주어온 신성한 길들 밖에서 그려진 밑그림이었다는 점을 그는 잘 알고 있었다. 그는 처음으로 자신의 발뿐만이 아니라 영혼까지도 길이 없는 곳으로 빠져버렸다는 생각이 들었고, 자신이 인간으로서가 아니라 굴러 내리는 돌, 떨어지는 물방울, 돌풍에 흩날리는 나뭇잎이 되어 지금 그 자리에 서있는 듯 여겨졌다.

프란체스코의 모든 분노의 말들은 그가 더 이상 스스로를 다스릴 힘이 없지만 어떤 대가를 치르더라도 아가타에 대한 폭력만은 추구하고 행사해야 한다는 것을 가르쳐주었다. 그는 말로 그녀를 지배했다. 그녀를 모욕하면 할수록 그의 마음속에서는 더 충만한 행복의 화음이 울렸다. 그녀에게 벌을 내리면서 가한 모든 고통은 그의 마음속에서 황홀감을 일으켰고, 더 이상 부족한 것은 없었다. 목동이 그 자리에 없었다면 프란체스코는 그런 황홀감에 빠져 자신에 대한 마지막 통제력을 잃고, 소녀의 발에 엎드려 자신의 순수한 심장의 고동을 알렸을지도 모른다.

아가타는 평판이 나쁜 집안에서 자랐지만 지금까지 한 송이 꽃과 같은 순결함을 지켜왔다. 용담과도 같은 그녀의 푸른 눈동자는 계곡에서나 아래쪽 호수에서나 흔히 볼 수 있는 것이 아니었다. 그녀는 경험 영역이 극히 좁았다. 그럼에도 그녀는 비록 자신에게 신부는 본래 인간이 아닌 신과 인간 사이의 존재로서 일종의 낯선 마법사였음에도 불구하고 갑자기 프란체스코가 무엇을 숨기려 했는지를 짐작해내고는 어안이 벙벙한 눈빛을 통해 그것을 알렸다.

아이들은 숫염소를 끌고 자갈더미를 지나 올라가 버렸다. 목동은 신부와 함께 있는 것이 편치 않았다. 그는 불에서 냄비를 집어 들고 힘겹게 동료에게로 올라가는 것 같았다. 그의 동료는 나뭇가지 더미를 아주 긴 끈에 묶어 골짜기를 건너 평지로 끌고 가고 있었다. 질질 끄는 소리와 함께 검은 짐 보따리 같은 그것은 암벽 밑둥치를 따라 끌려갔는데, 흡사 갈색 곰이거나 거대한 새의 그림자 같았다. 또한 그것은 끈이 보이지 않았기에 날아가는 것 같기도 했다. 힘찬 요들송이 게네로조 산의 봉우리와 암벽에 부딪혀 메아리로 울리고 나서 목동이 시야에서 사라지자 아가타는 잘못을 뉘우치듯 신부의 옷자락에, 그런 다음 손에 입맞춤했다.

프란체스코는 기계적으로 소녀의 정수리 위에 십자가 표시를 했고, 그러면서 손가락이 소녀의 머리칼에 닿았다. 그의 팔은 경련이 일 듯 떨렸는데, 마치 무언가가 마지막 힘을 다해 다른 무언가를 붙잡아두려는 듯했다. 그러나 억제하고 있던 긴장한 무언가는 축복을 내리는 손을 서서히 펼쳐 참회하는 죄인의 머리에 손바닥을 점점 더 가까이 다가가게 했다. 갑자기 확실하고 완전하게 그 위에 자신의 손을 내려놓게 하는 일을 저지할 수 없었다.

프란체스코는 겁을 먹고 주위를 둘러보았다. 그는 지금 스스로를 속일 수 없었고, 거룩한 성직의 임무를 맡은 채 자신이 처한 상황을 정당화할 수도 없었다. 하지만 그는 고해나 견진성사30 같은 온갖 것

30_   세례를 받은 신자에게 신앙을 성숙시키기 위해 행하는 성사이다. 대상은 성세 받은 신자

들을 입에 올렸다. 그리고 그는 거의 제어되지 않고 언제든 뛰어오를 준비가 되어 있는 열정이 아가타에게 발각될 경우 경악과 혐오를 일으켜 그녀가 성직자의 가면에 다시 한 번 겁을 먹고 달아날까봐 두려웠다.

그는 이렇게 말했다.

"너는 저 아래 조아나에 있는 나에게 와서 학교에 다니렴, 아가타. 거기서 읽고 쓰는 것을 배우게 될 거야. 나는 너에게 아침기도와 저녁기도를 가르쳐주고, 하느님의 계율도 가르쳐 줄 거야. 그리고 어떻게 하면 일곱 가지 중요한 죄악을 깨닫고 피할 수 있는지도 가르쳐주지. 그러면 너는 매주 내게 고해를 하게 될 거야."

이 말을 한 다음 소녀를 뿌리치고 주변을 살펴보지도 않으면서 급히 산을 내려온 프란체스코는 밤을 꼬박 새우고 나서 다음날 아침 자발적으로 고해하러 가겠다고 다짐했다. 그가 근처 산촌 마을 아로그노의 코담배를 피우는 수석사제에게 자신의 양심의 갈등을 거짓 없이 털어놓자 그는 기꺼이 용서 받았다. 악마가, 특히 남자에게 있어서 여자는 언제나 죄로 이끄는 가장 가까운 기회라면서 길을 잃은 영혼들을 교회의 품 안으로 되돌려 보내려는 젊은 신부의 시도를 반대

로서 사리분별을 할 수 있는 연령에 도달한 자이다. 견진성사를 받은 신자에게는 대부모를 두어 그리스도의 진정한 증거자로 생활할 수 있도록 보살핌을 받게 한다.

하는 것은 당연한 일이었다. 프란체스코는 사제관에서 수석사제와 아침식사를 하고, 창문을 열어놓고 부드러운 공기를 마시고, 햇볕을 쬐고, 새들의 노래를 들으며 인간의 일과 교회의 일과의 잦은 갈등에 대해 터놓고 많은 얘기를 나누고 난 다음 잠시 속임수에 빠져들어 무거웠던 마음이 가벼워졌다.

그가 이렇게 마음이 가벼워진 데에는 아로그노의 농부들이 짜내고 수석사제가 큰 통 몇 개를 가득 채워 가지고 있는 독한 검보라색 포도주 몇 잔도 적잖은 역할을 했다. 식사가 끝나자 수석사제는 신부이자 고해자를 부드러운 잎이 난 커다란 밤나무 밑에 있는 아치형 천장의 지하실로 안내했는데, 거기에는 들보 위에 포도주 통들이 놓여 있었다. 수석사제는 습관적으로 그 시각이면 병을 가져가 하루 동안 필요한 양만큼 포도주를 채우곤 했다.

그러나 프란체스코는 아치형 바위동굴의 양철을 입힌 문 앞 꽃이 피고 바람이 살랑대는 풀밭에서 고해신부에게 작별인사를 하고, 굽은 길을 돌아 힘차게 걸어가면서 나무와 수풀이 있는 언덕진 땅으로 들어서자 곧장 동료신부의 위안과 그와 함께 보낸 모든 시간에 대한 설명할 수 없는 반감을 느꼈다.

낡은 수단과 땀에 젖은 속옷이 역겨운 냄새를 풍기고, 긁적거리는 머리와 더러운 오물로 뒤덮인 거친 손을 통해 비누가 그에게 낯선 물건임을 증명해준 이 더러운 농부는 하느님의 사제가 아니라 짐승이며 멍청이로 보였다. 그는 성직자들은 교회가 가르치듯 봉헌된 사람들이며, 봉헌을 통해 초자연적인 위엄과 힘을 얻음으로써 천사들도 그들 앞에서는 고개를 숙인다고 혼잣말을 했다. 이 사람은 모든 면에서 오로지 추악한 사람으로 부를 수밖에 없었다. 사제의 전능함이 그런 우악스런 손에 놓여 있는 것을 보았으니 얼마나 큰 수치인가. 그렇지만 하느님은 그런 전능함을 부여해주었으므로 "이건 내 몸이니까."라는 말을 통해 어쩔 수 없이 미사의 제단으로 내려오지 않을 수 없다.

프란체스코는 그를 증오했고, 또 경멸했다. 그러자 그는 다시 깊은 동정을 느꼈다. 그러나 결국 그에게는 악취를 풍기는 추하고 불결한 사탄이 그로 변장한 것이라는 생각이 들었다. 그리고 그는 그런 사람은 악마나 처녀귀신의 도움으로 태어난 것이라고 생각했다.

프란체스코는 자기 내면의 그런 동요와 자신의 사고과정에 대해 깜짝 놀랐다. 그의 주인이자 고해를 들어준 신부는 불결한 상태 외에는 그에게 불쾌감을 줄 이유가 없었다. 그의 말은 식탁에서조차 시종일관 예의바른 정신이 깃들어 있었다. 이미 프란체스코는 다시 그런 숭고한 느낌 속에서 헤엄치고 있었고, 그런 천국의 순수함을 숨 쉬고 있다고 여겼기에 그런 신성한 요소와 비교하면 일상적인 것은 저주의 상태에 단단히 묶여있는 듯이 보였다.

프란체스코가 고산목장의 죄인 소녀를 처음으로 조아나의 사제관에서 맞이하기로 한 날이 다가왔다. 그는 소녀에게 사람들이 방울소리를 듣고 그를 고해실로 부를 수 있도록 교회 문 가까이에 있는 방울 줄을 끌어당기라고 당부했었다. 그러나 이미 정오가 되어가고 있었지만 방울은 울리지 않았고, 그는 정신이 점점 더 산만해져 가면서 교실에서 반쯤 성인이 된 소녀들과 아이들 몇 명을 가르치고 있었다. 폭포가 솟아올랐다 가라앉았다 하는 우렁찬 물소리를 열린 창문을 통해 들여보내고 있었고, 물소리가 높아질 때마다 신부의 동요는 커졌다. 그러면서 신부는 방울 소리를 듣지 못할까봐 걱정이 되었다. 아이들은 그의 불안하고 넋 나간 모습을 의아해했다. 그가 일에 정신을 쏟지 않고, 그래서 그들에게도 집중하지 않고 있다는 사실은 지상은 물론 천상의 감각까지 온통 젊은 성자에게 모아 열광적으로 즐기고 있던 어린 소녀들을 피해갈 수 없었다. 그들은 깊은 본능적 감각을 동원하여 젊은 남자로서의 충동과 연결되어 순간적으로 그를 지배하고 있던 긴장을 함께 느꼈다.

정오를 알리는 종소리가 울리기 직전 우듬지에 5월의 새싹이 핀 밤나무와 함께 햇볕 아래 조용히 자리하고 있던 마을 광장에서 웅얼거리는 소리가 들려왔다. 사람들이 몰려들었다. 좀 더 조용하면서 항

의하는 듯한 남자의 목소리가 들려왔다. 그러나 남자의 목소리는 끝없이 이어지는 여자들의 말과 절규, 저주와 항의에 묻혀 한 순간에 거의 들리지 않을 만큼 흐릿해졌다. 그런 다음 불안한 평온이 이어졌다. 갑자기 신부의 귀에 둔탁한 소음이 울려왔는데, 처음에는 그 원인을 알 수 없었다. 5월인데도 마치 가을에 심한 돌풍이 불어 갑자기 밤나무에서 밤들이 떨어지는 듯한 소리가 울렸다. 딱딱한 밤들은 땅에 부딪혀 딱 하는 폭발음을 낸다.

프란체스코는 창밖으로 몸을 내밀었다.

그는 놀라면서 광장에서 무슨 일이 벌어졌는지 바라보았다. 그는 너무 놀라고 당황하여 누군가가 절망적인 집요함을 담아 끌어당기는 고해실 종의 귀청을 찢는 날카로운 소리를 듣고서야 제정신을 차릴 수 있었다. 그는 이미 교회 안을 지나 문 앞으로 급히 달려 나가 종을 울리는 줄에서 고해아이 아가타를 떼어내 교회 안으로 들여보냈다. 그러고 나서 그는 교회 정문 앞으로 나갔다.

광장에 추방된 여자가 나타난 것이 알려져 그런 경우 흔히 일어날 수 있는 일이 벌어진 게 분명했다. 사람들은 비루먹은 개나 늑대에게 하듯 그녀에게 돌을 던져 인간의 거주구역에서 내쫓으려고 했었다. 곧 아이들과 아이들의 어머니들이 한데 힘을 모아 그녀를 불순하며 저주를 가져오는 여자로 여겨 뒤쫓았다. 그들은 예쁜 소녀의 모습을 보고 자신들의 돌팔매질은 위험한 짐승이나 전염병과 부패를 확산

시키는 괴물에게나 어울리는 짓이리라 추측하면서도 아랑곳하지 않았다. 그러는 동안 아가타는 신부가 보호해줄 것이라 믿고 자신의 목적지를 향한 길에서 벗어나지 않았다. 그렇게 하여 그 결연한 소녀는 쫓기고 혹사당하면서 교회 문 앞에 당도했으며, 아직도 아이들이 던진 몇 개의 돌을 맞고 있었던 것이다.

신부는 흥분한 교회 신도들을 설교로써 진정시킬 필요가 없었다. 그들은 신부를 보자 곧장 달아나버렸다.

프란체스코는 교회에서 숨을 헐떡이며 침묵하고 있는 쫓겨 온 소녀에게 손짓을 하며 자신과 함께 사제관으로 들어가자고 했다. 그 또한 흥분해 있었다. 그리하여 두 사람은 서로가 헉헉거리며 숨 쉬고 있는 소리를 들었다. 하얀 회벽 사이의 좁은 계단 위에는 당황했지만 다시 조금 진정이 된 가사도우미가 쫓겨 온 야생의 소녀를 맞이하기 위해 서 있었다. 그녀에게서는 어떤 식으로든 필요하다면 도울 준비가 되어 있음을 읽을 수 있었다. 나이 든 가사도우미가 볼 때 아가타는 자신의 현재 상황에 복종해야 한다는 사실을 깨닫고 있는 것 같았다. 웃다가 분노하고, 분노하다 웃으면서 그녀는 강한 저주의 말을 쏟아냈고, 신부에게 처음으로 자신의 목소리를 들을 수 있는 기회를 주었다. 신부는 그녀의 목소리가 충만하고 낭랑하며 장렬하다고 생각했다. 그녀는 어째서 쫓기게 되었는지 알지 못했다. 그녀는 작은 도시 조아나를 말벌의 집이나 개미집인 듯 여겼다. 그녀는 너무나 분하고 화가 났지만 그런 위험한 만행의 원인에 대해 곰곰이 따져볼 생각은 하지 못했다. 그녀가 어려서부터 이런 상황을 깨닫고 그저 자연스런 것으로 받아들여 왔다면 좋았을 텐데. 하지만 우리는 말벌이나 개미에 대해 저항하기도 한다. 우리를 공격하는 것이 동물들일지라도 우리는 그것들에 의해 경우에 따라 증오도 하고 분노도 하고 절망도 하며 저항하고, 다시금 협박이나 눈물이나 깊은 경멸의 감정을 통해 가슴의 응어리를 해소한다. 아가타 역시 그러했다. 가사도우미가 그녀의 초라한 누더기 옷을 바로잡아 주는 동안 그녀는 급히 달려오느라 헝클어져버린 녹이 슨 듯한 황토색의 놀랄 만큼 풍성한 머리칼을 쓸어 올렸다.

이 순간 젊은 프란체스코는 전에 없이 강한 열정의 압박으로 고통을 겪었다. 야생의 맛있는 과일처럼 황량한 산중에서 무르익은 여자가 옆에 있고, 그녀의 뜨겁게 달아오른 몸이 황홀한 불꽃을 쏟아내고, 멀리 떨어져 도달할 수 없던 여인이 이제 자신의 좁은 방안에 포위되어 있는 상황 등 모든 것이 프란체스코로 하여금 주먹을 움켜쥐고, 근육을 팽팽하게 긴장시키고, 이를 악물게 할 수밖에 없었다. 한순간 그의 뇌를 완전히 깜깜하게 만들었던 상태를 바로잡아 똑바로 서 있기 위해서였다. 뇌가 밝아지자 그의 마음속에서는 형상들과 생각들과 감정들이 소동을 일으키듯 엄청나게 뒤얽혔다. 풍경들, 사람들, 아주 오래 된 추억들, 가족과 직업에 얽힌 과거의 생생한 순간들이 현재의 생각들과 혼합되었다. 이런 것들로부터 도망치듯 피할 수 없는 미래가 달콤하고도 끔찍스럽게 떠올랐고, 그는 여기에 푹 빠져 버렸다는 것을 알았다. 이런 영혼의 혼란스런 형상들을 뛰어넘어 무수히 많은 생각들이 불안하고 무기력하게 뻗어나갔다. 프란체스코는 의식적인 의지는 자신의 영혼에서 쫓겨나고, 거부할 수 없는 또 다른 의지가 지배하고 있음을 깨달았다. 젊은 신부는 두려움에 떨며 그 또 다른 의지가 자신에게 자비를 베풀기도 벌을 내리기도 했다고 인정했다. 이러한 상태는 신들린 것과도 같았다. 그는 무거운 범죄로의 피할 수 없는 추락에 대한 두려움에 사로잡힐 때면 동시에 억제하기 어려운 기쁨으로 환호성을 지르고 싶었을 것이다. 그의 굶주린 시선은 지금껏 알지 못한 놀라운 포만감을 띠고 있었다. 여기에서 배고픔은 포만감이었고, 포만감은 배고픔이었다. 그때 성체의식을 통해 그리스도를 믿는 영혼들에게 신성한 양분으로 공급할 자신의 불멸의 신성한 먹이가 여기에 홀로 있다는 파렴치한 생각이 그의 뇌리를 스치고 지나갔다. 그의 감정은 우상숭배적인 것이었다. 순간 그는 리고르네토의 큰아버지를 형편없는 조각가로 단정했다. '큰아버지는 차라리 그림을 그리며 살았더라면 더 좋았지 않았을까? 어쩌면 그도 화가가 될 수 있었을 텐데.' 신부는 베르나르디노 루이니와 근처 루가노의 오래 된 수도원교회에 있는 그의 커다란 그림과 거기에서 그가 그린 멋진 금발의 성스러운 여인들을 생각했다. 그러나 그 여인들은 지금의 이 뜨겁게 불타는 가장 생생하게 살아있는 현실과 비교하면 아무것도 아니었다.

프란체스코는 무슨 일부터 해야 할지 당장은 알 수가 없었다. 경고를 보내는 감정은 그를 우선 소녀의 곁에서 달아나게 했다. 비록 모두가 똑같이 순수하지만은 않은 여러 가지 이유들로 인해 그는 다른 사람들이 이 사건에 대해 시장에게 알리기 전에 곧장 그의 집을 방문하기로 했다. 프란체스코는 다행히 그곳에서 시장을 만났으며, 시장은 차분하게 그의 말을 들었고, 그 사건에 있어서 신부의 입장을 받아들였다. 고산목장의 불행한 가정을 그대로 내버려두지 않고 죄와 치욕에 얽힌 불경스러운 사람들을 받아들이는 것은 오로지 기독교적이며 충분히 가톨릭적인 일이었다. 그러나 마을 주민과 그들의 행동에 대해서는 엄격한 조치를 취하겠다고 시장은 약속했다. 젊은 신부가 떠나자 말없이 차분하게 지켜보았던 아름다운 시장 부인은 이렇게 말했다.

"이 젊은 신부는 능히 추기경에까지, 아니 교황 자리에도 오를 수 있을 것 같네요. 제 생각에는 그가 단식하고, 기도하고, 뜬눈으로 밤을 새우느라 쇠약해지고 있는 것 같아요. 그러나 악마는 지옥의 기술과 깊이 숨겨진 술책과 간계를 가지고 성자들 바로 뒤에 붙어있지요. 하느님의 도움으로 그 젊은이가 언제나 그런 것들로부터 보호받았으면 해요."

프란체스코가 가능한 한 느린 걸음걸이로 사제관으로 돌아갈 때 많은 탐욕적이고 사악한 여자들의 눈이 그를 뒤쫓았다. 그들은 그가 어디에 있었는지 알고 있었으며, 조아나의 그 전염병을 오로지 폭력으로 덮치기로 결심했다. 머리 위에 장작을 이고 꼿꼿하게 걸어가는 소녀들이 대리석 석관 근처 광장에서 그를 만날 때면 늘 겸손한 미소를 지으며 인사를 했었지만 그 일이 있은 후부터는 그를 경멸하며 바라보았다. 열병에 걸린 듯 프란체스코는 계속 걸어갔다. 그는 새들이 혼란스레 재잘거리는 소리를 들었고, 영구불변의 폭포에서 고조되었다 잦아지기를 반복하며 쏟아지는 물소리를 들었다. 그러나 그는 땅에 발을 딛고 서 있는 것이 아니라 방향을 잃은 채 소리와 형상의 소용돌이 속에 빠져 앞으로 끌려가는 듯한 느낌이었다. 그는 돌연 교회의 제의실에 와 있는 자신을 발견했고, 그런 다음 본당의 중앙제단에서 무릎을 꿇고 앉아 성모 마리아에게 내면의 돌풍에 휘말린 자신을 도와달라고 간청했다.

그러나 그의 간청은 자신을 아가타로부터 해방시켜달라는 뜻을 담은 것은 아니었다. 그러한 소원은 그의 영혼에 아무런 효과도 없었을 것이다. 그보다는 사면을 간청했던 것이다. 하느님의 어머니께서 이해하고, 용서하고, 가능하면 용인해 달라는 것이었다. 프란체스코는 아가타가 가버렸을 수도 있겠다는 생각이 들자 급히 기도를 중단하고 제단에서 뛰쳐나갔다. 그는 곧 소녀를 발견했고, 가사도우미 페트로닐라가 그녀의 말동무를 해주고 있었다.

프란체스코는 말했다.

"내가 모든 것을 깨끗하게 정리했지. 교회와 신부에게 가는 길은 누구에게나 열려 있는 거야. 나를 믿으렴. 그런 일은 다시는 일어나지 않을 거야."

그는 이제 다시 올바른 길 위에, 좋은 땅 위에 서 있는 듯 견고함과 안정감을 찾았다. 그는 가사도우미 페트로닐라에게 중요한 교회 서류를 전해 달라며 이웃 교회로 심부름을 보냈다. 유감스럽게도 그 심부름은 미뤄질 수 없는 것이었다. 또한 가사도우미는 그곳 사제에게 이 사건에 대해 보고해야 했다. 그는 가사도우미에게 강조하며 말했다.

"사람들을 만나게 되면 저 위 고산목장에서 온 아가타가 나와 함께 이곳 사제관에 있으면서 우리 종교의 교리와 거룩한 믿음에 대해 내게서 가르침을 받고 있다고 말해 주세요. 그들은 그저 몰려와 이것을 못하게 방해하면서 영겁의 벌을 받고 싶어 할 뿐입니다. 그들은 그저 교회 앞으로 몰려와 그들의 자매 교인을 학대하고 싶어 할 뿐입니다. 돌은 그녀가 아니라 나를 맞히게 될 겁니다. 나는 날이 밝는 대로 그녀를 저 위 고산목장까지도 손수 데려다줄 것입니다."

가사도우미가 떠나자 긴 침묵이 이어졌다. 소녀는 양손을 무릎 위에 올려놓고 페트로닐라가 그녀를 위해 하얀 회벽 쪽으로 끌어다 놓은 부서질 것 같은 의자에 앉아 있었다. 아가타의 눈은 여전히 번쩍였는데, 격분과 남모를 분노의 번쩍임 속에 앞서 겪은 아픔을 드러내고 있었다. 그러나 그녀의 마돈나 같은 통통한 얼굴은 점점 더 힘들어하는 표정을 보이다가 마침내 조용히 흘러내리는 눈물줄기가 뺨을 적셨다. 그러는 동안 프란체스코는 그녀에게서 등을 돌린 채 열린 창문으로 가 밖을 내다보았다. 그가 조아나 계곡의 거대한 암벽을 지나 운명을 잉태한 고산목장으로부터 호숫가에 이르기까지 차례로 시선을 던지고, 끝없이 웅성거리는 폭포소리와 함께 무성한 포도밭에서 어느 어린 아이의 감미로운 노랫소리가 들려오는 동안 그는 이제 정말로 자신의 신성한 염원이 실현될 순간을 손에 쥐고 있다고 믿는 것을 주저해야 했다. 그가 돌아서면 아가타는 여전히 그대로 있을까? 그리고 그가 돌아서도 그녀가 그대로 있다면 어떤 일이 벌어질까? 돌아서는 것이 그의 세속의 삶에 있어서는, 아니 세속을 뛰어넘는 삶에서도 결정적인 것은 아니지 않은가? 이런 의문과 의심 때문에 신부는 결심을 하기 전 스스로 판단을 하거나 조언을 구하기 위해서 가급적 지금 취하고 있는 자세를 오랫동안 유지했다. 문제가 된

건 몇 분이 아니라 몇 초였다. 이 몇 초 동안에 루치노 스카라보타가 처음으로 그를 방문했을 때 비롯된 그가 연루된 모든 일뿐만 아니라 그의 모든 의도된 삶 또한 직접적으로 현실이 되었다. 이 몇 초 동안에 게네로조 산봉우리 위에서는 하늘의 성부와 성자와 성령이 함께하는 최후심판의 어마어마한 환영이 펼쳐져 요란한 나팔소리가 겁을 주었다. 한쪽 발을 게네로조 산 위에, 다른 발은 호수 건너편 산봉우리에 올려놓고, 왼손에 저울을, 오른손에 맨 칼을 든 대천사 미카엘이 무시무시하게 위협하며 서있는 반면 조아나 고산목장의 뒤쪽에서는 뿔과 발톱이 달린 흉측한 사탄이 자리 잡고 있었다. 그러나 흔들리는 신부의 눈길이 닿는 거의 모든 곳에는 검은 옷을 입고 검은 베일을 두른 여자가 손을 움켜쥐고 서 있었는데, 그녀는 다름 아닌 절망에 빠진 그의 어머니였다.

프란체스코는 눈을 감고 두 손으로 정수리를 꾹 눌렀다. 그런 다음 천천히 몸을 돌려 고통스럽게 자색 입술을 떨고 있는 눈물로 범벅이 된 소녀를 공포 어린 표정으로 오랫동안 바라보았다. 아가타는 깜짝 놀랐다. 프란체스코의 얼굴이 죽음의 손가락이 만지기라도 한 듯 흉하게 일그러져 있었다. 그는 말없이 비틀거리며 그녀에게로 갔다. 그리고 피할 수 없는 힘의 공격을 받아 패한 자가 내는 것과 같은 그르렁거리는 소리를, 거친 생명의 욕정이 불타는 신음소리인 동시에 용서를 구하는 그르렁거리는 소리를 내면서 망가진 채 그녀 앞에 무릎을 꿇고 앉아 그녀를 향해 합장한 손을 비벼댔다.

마을 사람들이 아가타에 가한 만행으로 인해 그녀에 대한 이루 말할 수 없는 뜨겁고 인간적인 동정심이 솟아나지 않았더라면 프란체스코는 오랫동안 그 정도로 스스로의 열정에 빠지지는 않았을지도 모른다. 그는 하느님으로부터 성욕촉진제와도 같은 아름다움을 부여받은 이 피조물이 멀리 떨어져 보호자 없는 세상에 살면서 무슨 일을 당하게 될 것인지를 깨달았다. 그는 오늘의 상황으로 그녀의 보호자가 되었고, 돌팔매질에 의해 죽었을지도 모를 그녀를 구해냈다. 그럼으로써 그녀에 대한 개인적인 권리를 얻었다. 분명하지는 않았지만 그의 행동에 영향을 준 한 가지 생각이 자신도 모르게 작용하면서 그는 모든 망설임과 부끄러움과 두려움을 떨쳐냈다. 그리고 자신의 영혼 속을 들여다보며 그 배척당한 여인에게서 다시 손을 빼낼 가능성은 없다는 것을 읽었다. 그는 그녀의 편에 설 것이고, 세상과 하느님은 다른 편에 서게 될 것이었다. 그러한 생각과 그러한 경향은 앞서 말했듯이 예기치 않게 열정의 물줄기와 결합되었고, 그리하여 그 물줄기는 둑을 뚫고 터져 나왔다.

그의 행동은 아직 옳은 일에서 등을 돌리지 않았고, 그리하여 죄를 짓기로 결심한 후 생겨난 것은 무기력과 속수무책의 상태뿐이었다. 그는 왜 그렇게 했고, 무슨 일을 했는지 말할 수 없었을 것이다. 사실 그가 실제로 한 일은 아무것도 없었다. 그저 그에게 어떤 일이 일어났을 뿐이었다. 그리고 당연히 놀라 질겁했어야 할 아가타가 그렇게 하지 않고, 오히려 프란체스코가 자신에게 낯선 남자이자 신부라는 사실을 잊어버린 듯했다. 그는 한 순간에 그녀의 오빠가 된 것 같았다. 그리고 울음이 흐느낌으로 고조되는 가운데 그녀는 메마른 흐느낌에 동요하는 남자가 자신을 껴안도록 허용했을 뿐만 아니라 흐르는 눈물로 뒤덮인 얼굴을 숙여 그의 가슴에 파묻기까지 했다.

　이제 그는 그녀의 고통을 잠재워주려 노력하면서 그녀는 아이가 되고 그는 아버지가 되었다. 그러나 그는 여자의 몸을 그렇게 가까이에서 느껴본 적이 없었고, 그의 애무와 애정표현은 곧 아버지 이상의 것이 되었다. 그는 소녀의 흐느끼는 고통 속에는 고백과도 같은 것이 담겨 있다는 점을 분명하게 느꼈다. 그도 알아차렸지만 그녀는 자신의 삶이 얼마나 추악한 사랑에 빚지고 있으며, 나아가 똑같은 고통 속을 그와 함께 헤엄치고 있다는 것을 잘 알고 있었다. 그는 아가타의 고난과 고통을 그녀와 함께 나누었다. 그리하여 그들의 영혼은 하나가 되었다. 그러나 그는 곧장 그녀의 사랑스런 마돈나 얼굴을 자신의 얼굴로 들어 올리면서 목을 감싸 안아 자신에게 끌어당겼고, 오른손으로 그녀의 하얀 이마를 뒤로 젖히면서 그토록 단단히 결박하고 있던 그녀를 광기로 불타는 탐욕스런 눈길로 오랫동안 바라보며 즐겼다. 그러다가 그는 갑자기 매와도 같이 그녀의 뜨거운, 눈물에 젖어 짭짤한 입술을 급습하여 서로가 뗄 수 없이 하나로 녹아내렸다.

세속의 순간이자 영원히 황홀한 행복의 순간이 지난 후 프란체스코
는 갑자기 그녀를 풀어주고 두 발을 짚고 꼿꼿하게 섰으며, 입술에서
는 피 냄새가 났다. 그는 말했다.

"가자. 너는 무방비 상태로 혼자 집에 갈 수는 없으니 내가 데려다
주마."

　프란체스코와 아가타가 사제관에서 살그머니 빠져나오자 알프스
의 세계 위로는 변화무쌍한 하늘이 펼쳐져 있었다. 그들은 초원의 좁
은 길로 꺾어 들었고, 거기에서 뽕나무 사이를 지나 포도넝쿨 밑을
통과하여 사람들의 눈에 띄지 않게 계단식 땅을 하나씩 살금살금 기
어 내려갔다. 프란체스코는 자신의 뒤에 무엇이 남겨져 있는지, 지금
어떤 경계를 넘었는지를 잘 알고 있었지만 후회할 수는 없었다. 그는
변했고, 솟아올랐고, 해방되었다. 밤은 후텁지근했다. 롬바르디아
평원에서는 뇌우가 몰려들고 있는 것 같았고, 멀리에서 번개가 산들
의 실루엣 뒤에서 부채꼴 모양으로 번쩍였다. 사제관 창문 밑의 무성
한 라일락 덤불의 향기가 서늘하고도 따스한 기류와 섞여 그곳을 지
나쳐 흐르는 실개천의 스며들 듯한 물과 함께 헤엄쳐 내려왔다. 흠뻑
취한 두 사람은 아무 말도 하지 않았다. 그는 어둠 속에서 그녀가 담

을 타고 깊숙한 계단식 밭으로 내려갈 때마다 그녀를 부축해 주었고, 그녀를 양팔로 끌어안기도 했다. 그럴 때면 그녀의 가슴이 그의 가슴에 맞닿아 고동쳤고, 그의 목마른 입술은 그녀의 입술에 닿아 있었다. 그들은 도대체 어디로 가려는 것인지 알 수가 없었다. 자바글리아의 깊은 계곡에서는 고산목장으로 올라가는 길이 어디에도 나 있지 않았기 때문이다. 그 사이 그들은 고산목장으로 올라갈 때 마을을 통과하는 것만은 피해야 한다는 데에 의견의 일치를 보았었다. 그러나 중요한 것은 어떤 외적인 먼 목적지에 도달하는 것이 아니라 가까이에서 도달한 것을 충분히 즐기는 일이었다.

지금까지 세상은 타고 남은 재처럼 얼마나 죽어 있고 공허했으며, 그 어떤 변화를 이루어 냈던가. 세상은 그의 눈 속에서, 그리고 그는 세상에서 얼마나 변했던가. 그때까지 그에게 전부를 의미했던 모든 것들이 그의 기억 속에서 사라지고 가치를 잃었다. 아버지, 어머니는 물론 그의 스승들까지 낡고 버림받은 세상의 먼지 속에 벌레처럼 남아 있었지만 하느님의 아들이자 새로운 아담인 그에게는 천사 케르빔31을 통해 낙원의 문이 새롭게 다시 열렸다. 지금 그가 맨 첫 번째로 환희에 찬 발걸음을 뗀 이 낙원에서는 시간의 무한함이 지배하고

31_ 하느님이 금단의 열매를 따먹은 아담을 낙원에서 추방한 후 아무도 생명의 나무에 접근하지 못하도록 길목을 지키는 천사를 두었는데, 이 천사가 케르빔이다.

있었다. 그는 자신을 어떤 시대나 어떤 연령대의 인간으로 느끼지 않았다. 그를 에워싸고 있는 밤 또한 똑같이 시간을 초월한 세계였다. 그리고 이제 추방의 시간, 추방과 원죄의 세계는 그의 뒤쪽 낙원 밖 보초가 지키고 있는 문 앞에 존재하기에 낙원 안에 들어와 있는 그는 그 세계에 대해 더 이상 조금도 두려움을 느끼지 않았다. 저 밖에서는 아무도 그에게 해를 끼칠 수 없었다. 그의 상급 성직자들의 힘으로도, 심지어 교황의 힘으로도 그가 낙원의 가장 작은 열매를 따먹는 것조차 막을 수 없었고, 일단 그에게 내려진 은총의 선물인 최고의 행복을 그에게서 조금도 빼앗아갈 수 없었다. 그의 상급자들은 저열한 사람들이 되어 버렸다. 그들은 망각된 채 울부짖고 이를 떨며 잃어버린 땅에서 살고 있었다. 프란체스코는 더 이상 프란체스코가 아니었고, 막 하느님의 숨결에 의해 단 하나의 아담으로, 단 하나의 에덴동산의 주인으로 깨어난 최초의 인간이었다. 그를 빼고는 죄 없는 창조의 충만함 속에서 살아가는 사람은 아무도 없었다. 별들이 천상의 음을 울리며 행복을 노래했다. 구름은 게걸스럽게 풀을 뜯어먹는 소들처럼 흥얼거렸고, 자색 과일들은 달콤한 황홀감과 맛있는 생기를 내뿜었으며, 나무둥치들은 향기로운 진액을 땀으로 흘렸고, 꽃들은 맛있는 향신료를 흩뿌렸다. 그러나 이 모든 것은 하느님이 과일 중의 과일로, 향신료 중의 향신료로 이 모든 기적들 사이에 앉혀 놓은 이브가, 즉 그의 최고의 기적인 그녀가 좌우하고 있었다. 창조주는 모든 향신료들의 향기를, 그리고 그것들의 가장 좋은 정수를 기적들의 머리칼과 피부와 육신에 내려주었지만 그것들의 형태와 소재는 그녀의 그것과는 비교할 수 없었다. 그녀의 형태와 그녀의 소재는 하느님의 비밀이었다. 형태는 스스로 움직이다가 변신하듯 곧장 멋지게 멈추었다. 그녀의 소재는 백합 잎과 장미 잎이 혼합되어 이루어진 것 같았지만 차가운 것 앞에서는 더 수줍어하며 절제하다가 불꽃의 열기 앞에서는 더 뜨겁게 달아올랐고, 부드러운 동시에 걷잡을 수 없이 강렬했다. 이 과일 속에는 힘차게 뛰는 씨가 들어 있어 경쾌하게 움직이는 맥동이 세차게 고동쳤다. 그리고 이 과일을 먹을 때면 그것은 하늘에서 부여받은 자신의 풍요로움을 잃지 않으면서 점점 더 맛있고 정선된 기쁨을 선사했다.

그리고 이 창조물, 이 다시 얻은 낙원에서 가장 맛있는 것은 창조주 가까이에서 찾아낼 수 있었다. 하느님은 여기에서 자신의 작업을 끝내지도 그대로 놔두지도 않았고, 쉬고 있었던 것도 아니었다. 오히려 창조적인 손, 창조적인 정신, 창조적인 힘은 사라지지 않고, 작품 속에서 창조적인 상태로 남아 있었다. 그리고 낙원의 모든 부분과 사지 하나하나가 창조적인 상태로 머물고 있었다. 방금 도자공의 작업장에서 만들어져 나온 프란체스코-아담은 자신이 주변을 창조하는 자라고 느꼈다. 바깥세상적인 황홀함에 젖어 그는 하느님의 딸인 이브를 감지하고 바라보았다. 그녀를 형성했던 사랑은 여전히 그녀에게 달라붙어 있었고, 아버지가 그녀의 몸을 위해 사용했던 온갖 소재들 중 가장 훌륭한 소재는 아직도 어떤 흙먼지로도 더럽혀지지 않은 초지상적인 아름다움을 간직하고 있었다. 그러나 이 창조물 또한 몸을 떨고, 부풀어 오르고, 불꽃 같이 열렬한 천상의 창조력에 의해 빛을 내면서 아담과 한 몸으로 융화되기를 재촉했다. 아담은 그녀와 함께 새로운 완성의 세계로 들어가기 위해 다시 그녀에게 달려들었다.

아가타와 프란체스코, 프란체스코와 아가타, 신부이자 좋은 집안 태생의 젊은이와 배척받고 멸시받는 양치기 아이는 손에 손을 맞잡고 밤중에 비밀통로를 따라 언덕을 기어오른 최초의 인간 커플이었다. 그들은 가장 깊숙한 은신처를 찾고 있었다. 그들은 이루 말할 수 없는 경이로움으로 가득 찬 영혼으로 가슴이 터질 것 같은 황홀감을 느끼며 세속의 달콤한 기적 속으로 점점 더 깊이 빠져 들어갔다.

그들은 감동했다. 그들은 은혜와 선택을 받았다고 느꼈고, 이런 느낌이 끝없는 행복과 섞여 진정으로 장엄하게 여겨졌다. 그들은 서로의 몸을 느꼈고, 입맞춤으로 결합되었지만 자신들이 향하고 있는 알 수 없는 운명을 느꼈다. 그것은 마지막 수수께끼였다. 그것은 하느님은 어째서 창조를 했으며, 어째서 세상에 죽음을 가져와 그것을 받아들이게 했느냐는 것이었다.

그 최초의 인간 커플은 자바글리아의 개천 물에 깎여 이루어진 좁은 골짜기로 내려갔다. 골짜기는 깊었고, 겨우 발을 디딜 수 있는 좁은 길이 개천가를 따라 물웅덩이에까지 이어져 있었다. 웅덩이로는 산속의 물이 현기증이 나는 높이에서 바윗덩이를 거쳐 떨어져 내리고 있었다. 그곳에서 꽤 멀리 떨어진 곳에서 개천은 작은 녹색의 섬에 의해 두 갈래로 갈라졌다가 다시 합류했다. 프란체스코는 그 작은 섬을 좋아했고 자주 찾았었다. 그곳에서 뿌리를 내리고 자라는 몇 그루의 어린 사과나무들이 있는 무척 아름다운 섬이었기 때문이다. 아담은 구두를 벗고 그의 이브를 그곳으로 건너다 주었다. "가자, 안 가면 나 죽어."라고 그는 여러 번 아가타에게 말했다. 그리고 그들은 사랑하는 사람들의 묵직하며 거의 술 취한 듯한 발걸음으로 수선화와 백합들을 밟아 뭉갰다. 비록 소리 내며 흐르는 개천물이 찬 기운을 가져오기는 했지만 이곳 계곡도 여름처럼 따끈했다. 그 키플이 인생의 전환점에 서게 된 이후로 흐른 시간은 너무나도 짧았고, 전환점 이전에 있었던 모든 것들은 너무나도 멀리 물러나 있었다. 섬의 주인인 농부는 섬이 마을에서 꽤 멀리 떨어져 있어 혹시 모를 날씨로 인한 사고에 어느 정도 대처하기 위해 돌과 나뭇가지와 흙으로 움막을 지었는데, 그것은 나뭇잎이 덮인 바닥에서 그런대로 비를 피할 수 있는 정도였다. 아담은 이브를 데리고 산 대신 계곡 쪽으로 방향을 잡았을 때 어쩌면 이 움막을 머릿속에 떠올렸을 것이다. 움막은 사랑하는 사람들을 맞이할 준비가 되어 있는 것 같았다. 여기에서 비밀의 손들이 가까이에서 벌어지는 비밀스런 인간되기의 축제를 알고 있는 듯했다. 왜냐하면 움막 주위를 빛 구름이 에워싸고 있었고, 불꽃 구름, 개똥벌레들, 반딧불이들, 천체들, 은하수들이 마치 텅 빈 우주를 새롭게 채우려는 듯 이따금 다발을 이루어 힘차게 솟아올랐기 때문이다. 그것들은 계곡을 가로질러 아주 높이 솟아올라 둥실둥실 떠다님으로써 더 이상 하늘의 별들과 구별이 되지 않았다. 평소에도 알고는 있었지만 이 광경, 이 말없는 마술이 프란체스코와 죄인 아가타에게는 경이로운 것이었으며, 그것에 대한 그들의 놀라움은 그들을 잠시 억제시켰다. 프란체스코는 생각했다. '이곳이 나에게 무슨 의미가 생기게 될지도 모른 채 그토록 자주 찾고 기분 좋게 바라보았던 그곳인가? 이곳은 은둔자로서 내가 세상의 고난에서 물러나 단념하면서 하느님의 말씀에 침잠하기 위한 장소로 보이는구나. 프라트 혹은 하이데켈 하천에 있는 이곳 섬이 실제로는 낙원에 있는 가장 은밀하며 행복한 곳이라는 것을 미처 알지 못했었다니.' 그리고 활활 타오르는 신비로운 불꽃구름, 결혼식의 불, 희생의 불이, 혹은 그 무엇이든 그를 지상에서 완전히 떼어 놓았다. 그가 아직 이전의 세상을 잊지 않고 있다면 그 세상은 바다에서 솟아오른, 머리가 일곱 개 달린 용처럼 무기력하게 에덴동산의 문 앞에 놓여 있을 것임을 그는 알고 있었다. 그가 그런 용을 숭배하는 사람들과 무슨 관계가 있단 말인가. 그는 신의 움막을 부숴버리고 싶었다. 그의 격분은 그 사람들이 있는 곳에까지 이르지 않는다. 신부 프란체스코는 신과 그토록 가까이에 있다는 것과 신의 안에서 그토록 편안하게 있다는 것과 스스로를 그토록 망각했다는 것을 느껴본 적이 없었다. 산개천이 쏼쏼 흘러가는 소리를 내는 가운데 점차 산들이 우렁차게 멜로디를 울리고, 뾰족뾰족한 들판은 오르간을 연주하고, 별들은 수많은 황금 하프들로 음악을 연주하는 것처럼 보였다. 하늘에서 끝없이 이어지는 천사들의 합창이 환호하며 폭풍과 같이 장엄하게 화음을 울렸고, 결혼식의 종소리가 꼬리에 꼬리를 물고 크고 작게, 낮고 높게, 세차고 부드럽게 이어지면서 질식시킬 듯 행복한 축제의 분위기를 온 우주에 퍼뜨렸다. 그리고 그들은 그런 가운데 서로 뒤얽힌 채 나뭇잎 덮인 바닥으로 가라앉았다.

한 순간도 멈춰 있는 시간은 없으며, 두려운 마음에 서둘러 그런 최고의 환희를 붙잡으려고 아무리 노력해도 그렇게 할 적절한 방법을 찾지 못한다. 프란체스코가 느낀 대로 그의 전 생애는 지금 살아 있는 이 신비로움의 정상에 이르는 단계들로 이루어졌다. 사람들은 장차 어디에서 숨을 쉬어야 할 것인지 분명하게 알 수가 없다. 자신의 가장 깊숙한 내면에 있는 천상의 황홀경으로부터 다시 쫓겨난다면 저주 받은 삶을 어떻게 견뎌낸단 말인가. 천상에서와 같은 쾌락에의 도취 속에서 젊은 신부는 극심한 고통과 함께 허무감을 느꼈다. 소유의 즐거움 속에서 상실의 고통을 느낀 것이다. 그는 맛있는 포도주 한 잔을 마시고 마찬가지로 맛있는 갈증을 해소하려는 것 같은 생각이 들었다. 그러나 아무리 마셔도 잔은 비워지지 않았고, 그럼에도 불구하고 갈증은 가라앉지 않았다. 그리고 마시는 자는 자신의 맛있는 갈증이 배불리 마시는 것도, 잔이 비워지는 것도 원하지 않았다. 그런데도 그는 결코 바닥으로 내려앉을 수는 없었기 때문에 탐욕스런 분노에 차 괴로워하며 마구 들이마셨다.

개천의 물소리에 에워싸이고, 흘러넘치는 그 물에 잠기고, 개똥벌레가 주위를 맴돌며 춤추는 가운데 커플은 바스락거리는 나뭇잎 속에서 쉬었다. 별빛이 움막의 지붕을 뚫고 들어와 반짝였다. 그는 범접할 수 없는 물건인 양 경탄해온 아가타의 모든 비밀스런 것들을 떨면서 자기 것으로 만들었다. 그는 그녀의 풀어헤친 머리카락 속으로 파고들었고, 그의 입술은 그녀의 입술에 포개져 있었다. 그러자 곧장 그의 눈이 달콤한 소녀의 입모양을 빼앗아간 그의 입에 대한 질투심으로 가득 찼다. 그리고 점점 더 이해할 수 없게 되면서, 점점 더 불타오르면서, 점점 더 황홀해지면서 그녀의 젊은 몸의 비밀스런 것들로부터 지극한 행복이 솟구쳐 올랐다. 그가 뜨거운 밤을 상상하면서 소유하지 않으려고 노력했던 것은 지금 그가 한없이 소유하고 있는 것에 비하면 아무 것도 아니었다.

그는 마음껏 탐닉하면서 계속해서 새로이 불신하게 되었다. 지나치게 과도한 성취가 그로 하여금 자신의 소유물이 충분하지 않다고 믿게 했다. 처음으로 그의 손가락과 떨리는 손과 손바닥과 팔과 가슴과 엉덩이가 여자를 맛보았다. 그리고 그녀는 그에게 여자 이상이었다. 그에게는 마치 그가 그것 없이는 불구자였으며, 지금 그것과 하나로 묶이게 된 잃어버린 어떤 것, 부주의로 사라져버린 어떤 것을 되찾은 느낌이 들었다. 그가 이 입술, 이 머리칼, 이 가슴과 팔에서 떨어져 본 적이 있었던가? 그러나 그것은 여신이었지 여자는 아니었다. 그리고 그것은 전혀 그 자체로 존재하는 것이 아니었다. 그는 세상의 핵으로 파고들었고, 귀를 처녀의 가슴에 대고 행복에 몸서리치면서 세상의 심장이 고동치는 소리를 들었다.

그런 도취상태와 반쯤 취한 잠이 커플에게 밀려왔고, 그러면서 지칠 대로 지친 피곤함의 즐거움이 깨어 있는 감각을 자극하게 되고, 깨어 있는 감각이 자극받아 모든 것을 잊게 되는 도취의 즐거움에 빠지게 되었다. 그리하여 프란체스코는 이제 소녀의 팔에 안기고, 아가타는 그의 팔에 안겨 잠이 들었다. 수줍음 많은 야생의 소녀가 신부의 강제적인 애무에 얼마나 이상해 하고 얼마나 큰 믿음을 보였으며, 그녀가 그를 얼마나 헌신적으로 행복하게 섬겼을지. 그리고 그녀가 그의 팔에 안겨 잠들었을 때 그것은 포만감을 느낀 아이가 엄마의 팔과 가슴에 안겨 평온한 미소를 짓고 있는 것과 같았다. 프란체스코는 잠자는 여인을 바라보고, 감탄하고, 사랑했다. 삶에서 긴장이 풀리듯 경련의 파도가 그녀의 몸을 훑고 지나갔다. 소녀는 이따금 꿈속에서 소리를 질렀다. 그러나 그녀가 감기려는 눈꺼풀을 열었을 때는 언제나 똑같은 매혹적인 미소를 지었고, 그런 다음 마지막으로 몸을 바쳐 죽어갈 때도 마찬가지였다. 젊은이는 잠이 들 때마다 자신이 온몸으로 느끼면서 휘감고 있던 몸을 어떤 힘이 조용히 빼앗아가는 것 같은 느낌이 들었다. 그러나 매번 잠시 빼앗기고 난 다음에는 깨어난 상태가 되어 감사함이 느껴지는 최고로 달콤한 것이 먼저 뒤따랐다. 그것은 가장 달콤한 현실에 대한 행복하고 깨어 있는 느낌이 담긴 꿈이었다.

에덴동산 한가운데에 서있는 나무에 달려 있던 낙원의 열매, 그것이 바로 그녀였다. 그는 그녀를 온몸으로 감싸 안고 있었다. 그것은 생명나무의 열매였지, 뱀이 이브를 유혹했던 선악에 대한 깨달음의 나무에 달린 것이 아니었다. 오히려 하느님과 같이 그 열매를 마음껏 즐기도록 해준 사람이 그녀였다. 다른 더 높은 행복에 대한 소망은 프란체스코의 마음속에서 사라졌다. 그의 즐거움과 비교할 수 있는 즐거움은 땅에도 하늘에도 없었다. 젊은이는 넘치는 향락 속을 뒹굴면서 어떤 왕이나 신도 모두 빈궁한 거지로 느꼈다. 그의 언어는 더듬거리고 이따금 숨을 멈추는 식으로 내리눌렸다. 그는 아가타의 벌린 입술 사이로 뿜어 나오는 유혹의 입김을 들이마셨다. 그는 소녀의 속눈썹에서 흘러나오는 뜨거운 욕정의 눈물에, 뺨에 흐르는 뜨거운 눈물에 연달아 입맞춤했다. 두 사람은 눈을 감고 어쩌다 깜박이기만 하면서 시선을 내면으로 향하고 뜨겁고 환하게 느끼면서 서로가 서로를 즐겼다. 그러나 그 모든 것은 인간의 언어로 표현하기에는 충분하지 않은 향락 이상의 어떤 것이었다.

프란체스코는 아침에 정해진 시간에 맞춰 이른 미사를 집전했다. 그가 사라진 것은 아무도 알아채지 못했고, 페트로닐라조차 그가 돌아온 것을 알아채지 못했다. 그는 당혹해 하면서 건성으로 재빨리 손을 씻고 그를 기다리고 있는 제의실의 복사들을 거쳐 제단에 올라 역시 그를 기다리는 얼마 안 되는 신도들 앞에 서야 했는데, 당혹감으로 제정신을 차리기가 어려웠다. 정신이 돌아온 것은 그가 다시 사제관의 작은 자기 방으로 들어가서였다. 거기에서는 가사도우미가 평소대로 아침식사를 차려주었다. 그러나 이때의 의식이 곧바로 깨어 있는 냉정한 상태의 명료함을 가져다주지는 않았다. 오히려 오래 눈에 익은 주변 환경과 밝아오는 날이 그 체험자에게 과거의 꿈처럼 흐릿해진 비현실적인 어떤 것의 인상을 안겨 주었다. 그러나 그곳은 엄연한 현실이었다. 그리고 비록 믿을 수 없이 환상적이라는 측면에서 그녀가 프란체스코가 꿈꿔온 모든 꿈을 능가할지라도 그는 그녀를 부인할 수는 없었다. 그는 끔찍스런 추락을 저질렀고, 그런 상황은 달리 어떻게 해석할 수가 없었다. 문제는 그런 추락에서, 그런 무시무시한 죄악으로의 추락에서 다시 솟아오르는 것이 정녕 가능한가였다. 추락은 너무나 깊었고, 그토록 높은 곳에서 떨어져 내렸기에 신부는 절망할 수밖에 없었다. 이런 끔찍스런 추락은 종교적인 의미에서는 물론 세속적인 의미에서도 전례 없는 일이었다. 프란체스코는 시장을 생각했고, 그와 함께 고산목장의 버림받은 소녀를 구제할 가능한 방안에 대해 논의했던 일을 떠올렸다. 그는 이제야 비로소 남모르게, 깊이 몸을 낮춘 가운데 그 당시 자신을 부풀렸던 성직자로서의 오만을, 온통 건방졌던 교만을 깨달았다. 그는 수치심에 이를 악물었으며, 실상이 드러난 허황된 사기꾼처럼 명예손상 앞에서 완전히 속수무책인 채로 몸부림쳤다. 그도 성자이지 않았던가? 조아나의 부인들과 처녀들은 거의 우상을 숭배하듯 그를 우러러보지 않았던가?

그리고 그는 미사에 참여하고 교회에 가는 것이 남자들 사이에서도 일반화 될 수 있을 정도로 마을의 종교정신을 높여놓지도 못했다. 이제 그는 하느님에게 배신자가 되었고, 그의 마을에 사기꾼이자 배신자가 되었으며, 교회에, 그의 가문의 명예에, 자기 자신에게, 나아가 그들의 영혼을 구제한다는 구실 아래 저주의 구렁텅이에 옭아매

버린 멸시받고 버림받고 파렴치하며 가련한 스카라보타 가족에게 배신자가 되었다.

프란체스코는 자신의 어머니를 생각했다. 그녀는 당당하며 거의 남성적인 여인이었고, 어린 시절 그를 확고한 손길로 보호하고 이끌어주었다. 그녀의 불굴의 의지는 그 앞날의 삶의 경로를 제시해 주기도 했다. 그는 자신에 대한 어머니의 엄격함이 다름 아닌 불타는 모성애일 뿐이며, 아들의 명예가 아주 조금이라도 더럽혀지면 그녀의 자존심에 극히 심한 상처를 입게 되고, 아들의 심한 과오에 의해 살아가면서 치유할 수 없는 부상을 입게 될 수밖에 없음을 잘 알고 있었다. 이상한 것은 그가 실제로 일어난, 밀접하고 분명하게 겪은 그 일을 한 번도 어머니와 연관 지어 생각해보지 못한 것이었다.

프란체스코는 가장 역겨운 진흙탕 속으로, 마지막 구제불능의 오물 속으로 빠져버렸다. 그는 신부로서의 봉헌임무와 그리스도 교도로서, 어머니의 아들로서, 인간으로서의 자신의 본질을 그 속에 내던져버렸다. 어머니라면, 아니 범죄가 무엇인지를 아는 정도만 되는 사람들이라면 남은 것은 냄새를 풍기는 악마의 동물인 늑대인간뿐이라고 생각할 것이다. 젊은이는 깊이 몰입하고 있는 듯 보였던 책상 위의 성무일과서를 놓고 의자에서 일어났다. 그에게는 마치 돌로 된 우박이 전날 사람들이 돌로 쳐 죽이려고 돌팔매질을 하던 식이 아니라 몇 백 배 몇 천 배 더 강한 힘으로 후두둑 소리를 내며 집을 강타하는 듯이 여겨졌다. 그리하여 사제관이 깡그리 사라져 버리거나 적어도 잔해더미로 변하고, 자신은 독을 품은 두꺼비가 되어 그 속에 묻혀버릴 것 같았다. 그는 이상한 소음을 들었는데, 무서운 부르짖음이고 미쳐 날뛰는 외침이었다. 그는 지칠 줄 모르고 끝없이 돌을 던지는 분노한 사람들 중에는 조아나 전역의 사람들과 시장과 그의 부인뿐만 아니라 스카라보타와 그의 가족도 있고, 심지어 모든 사람들의 맨 앞에는 그의 어머니가 서있다는 것을 알았다.

그러나 몇 시간이 지난 다음에는 완전히 다른 환상들과 완전히 다른 충동들이 앞서의 그러한 것들을 없애버렸다. 움막에서 나오고, 벌인 행동에 대한 경악에서 나오고, 회한에서 나온 모든 것들은 이제 결코 존재하지 않았던 것처럼 보였다. 알지 못했던 괴로움과 타는 목마름이 프란체스코를 바짝 야위게 했다. 그의 내면은 불타는 사막에서 극심한 고통으로 뒹굴면서 물을 찾아 발걸음을 옮기는 사람처럼 절규했다. 공기는 숨 쉬는 데 필요한 물질을 품고 있지 않은 것 같았다. 신부에게 사제관은 새장이 되었고, 그는 아픈 무릎을 끌고 맹수처럼 불안하게 벽 사이를 걸었으며, 자신을 풀어주지 않는다면 계속 그렇게 살아가느니 차라리 벽에 머리를 처박아 박살내겠다고 결심했다.

그는 창문 너머로 마을 사람들을 바라보면서 '어떻게 죽은 자로 살아가는 것이 가능할까?'라고 스스로에게 물었다. '그들은 어떻게 숨을 쉬고 싶어 하거나 숨을 쉴 수 있는 걸까? 내가 실컷 즐겼지만 지금은 그렇게 하지 못해 아쉬워하는 그것도 모르면서 어떻게 그들은 자신들의 가련한 삶을 이끌어갈까?' 그리고 프란체스코는 스스로 커나갔다. 그는 인간이 개미들을 멸시하듯 교황들, 황제들, 영주들, 주교들을 멸시하며 내려다보았다. 그는 목마름과 고난과 그리움에 시달리는 처지임에도 그렇게 했다. 당연히 그는 더 이상 자기 삶을 통제하는 주인이 아니었다. 더없이 강력한 마법에 의해 그는 완전히 의지를 잃게 되었고, 아가타 없이는 제우스나 다른 신들보다 더 오래 되고 힘이 센 신인 에로스의 전혀 생명이 없는 희생자가 되었다. 그는 그러한 마법과 에로스의 신에 대한 옛 사람들의 글을 읽고 두 가지 모두 웃으면서 무시해버렸다. 이제 그는 화살에 맞아 생긴 깊은 상처를 생각하지 않을 수 없음을 분명히 느꼈고, 그 상처를 통해 신이 자신의 희생자의 피를 독으로 만들었다는 옛 사람들의 생각을 떠올렸다. 이 상처는 불타고, 뚫고 들어가고, 활활 타오르고, 먹어치우고, 그의 마음속을 갉아먹었다. 그는 무시무시하게 찌르는 고통을 느끼다가 마침내 정신이 몽롱해졌다. 마음속에서 그는 행복에 겨워 환호성을 외치며 어제 자신과 사랑하는 여인이 하나가 되고, 그녀와 다시 만날 것을 약속했던 그 작은 세속의 섬으로 발걸음을 옮기고 있었다.

주변 사람들에게 '조아나의 이단자'로 알려진 산 속의 목자 루도비코는 자신의 원고가 중단된 이곳까지 읽고 나서 침묵했다. 방문자는 그 이야기를 끝까지 들려주기를 원했다고 한다. 그가 주인에게 자신이 원하는 것을 솔직하게 밝히자 주인은 자신의 필력이 더 이상은 미치지 못한다고 털어놓았다. 그는 이야기가 거기에서 끝나도 된다고, 아니 끝나야 한다고 생각하고 있었다. 방문자는 그의 생각에 동의하지 않았다.

아가타와 프란체스코, 프란체스코와 아가타는 어떻게 되었을까? 그 일은 비밀로 묻혀버렸을까, 알려지게 되었을까? 사랑하는 두 사람은 서로를 영원히 좋아했을까, 그저 일시적인 사랑으로 끝났을까? 프란체스코의 어머니는 그 일을 알았을까? 그리고 이야기를 들은 방문자는 궁극적으로 그 이야기가 실제 있었던 사건에 기초를 두고 있는지 전적으로 문학적 창작에 불과한 것인지를 알고 싶어 했다.

루도비코는 안색이 조금 변하면서 대답했다.

"이미 말했듯이 실제로 있었던 사건이 내가 이 이야기를 쓰게 된 동기가 되었습니다."

그런 다음 그는 오랫동안 침묵했다. 한참이 지나자 그는 이어서 말했다.

"있는 그대로 말하면 6년쯤 전에 사람들이 몽둥이를 휘두르고 돌을 던져 한 성직자를 교회의 제단에서 쫓아냈습니다요. 아무튼 내가 아르헨티나에서 유럽으로 돌아와 이 지역에 왔을 때 너무 많은 사람들에게서 이야기를 들어 나로서는 그 사건에 대해 의심할 수가 없지요. 근친상간의 죄를 저지른 스카라보타 부부도 물론 같은 이름은 아니었지만 이곳 게네로조에 살았었지요. 아가타라는 이름은 당신도 보듯이 언제나 갈색 물수리들이 지붕 위 하늘에서 맴도는 잔트 아가타라는 예배당 이름에서 별 뜻 없이 따왔어요. 하지만 스카라보타 부부는 실제로 죄악의 열매들 가운데 다 큰 딸 하나를 두고 있었고, 신부는 그녀와의 허용되지 않은 교제로 인해 비난을 받았습니다. 사람들이 말하기를 그는 그 일을 부인하지 않았고, 참회 또한 조금도 하지 않았답니다. 그리하여 교황이 그를 파문했다고 사람들은 주장하고 있지요. 스카라보타 부부는 이 지역을 떠날 수밖에 없었습니다. 소문에 의하면 그들은 – 아이들이 아니라 부모는 – 리오에서 황열병으로 죽었다고 합니다."

들고 있던 사람은 포도주를 마신 데다 장소와 시간과 서로 간의 교제와 무엇보다 낭독된 이야기에 의해 온갖 신비로운 상황들과 연결된 흥분이 솟아올라 계속해서 집요하게 목자에게 파고들었다. 그리하여 그는 다시 프란체스코와 아가타의 운명에 대해 물었다. 목자는 이에 대해서는 아무것도 말해줄 수가 없었다.

"그들은 도처에 고적하게 흩어져 있는 신성한 장소들을 더럽히고, 욕보이고, 자신들의 파렴치한 향락의 피난처로 오용하는 가운데 오랫동안 이 지역의 골칫거리가 되었다고만 전해지고 있을 뿐입니다."

은거자는 이렇게 말하면서 아주 돌발적인, 오래 참지 못하고 내뱉는 듯 크고 호탕한 웃음을 터뜨렸다.

이 여행의 모험을 중간에서 전달해 준 사람은 깊은 생각에 잠긴 채 묘하게 감동을 받아 귀갓길에 올랐다. 그의 일기장은 이 내려가는 길에 대해 기술하고 있지만 그는 여기에는 끼워 넣지 않기를 바라고 있었다. 해가 지평선 아래로 가라앉으면 시작되는 이른바 푸른 시간은 어쨌든 그 당시에 특별히 아름다웠다. 우렁찬 조아나의 폭포 소리가 들렸다. 프란체스코와 아가타가 바로 그런 폭포 소리를 들었다. 아니면 궁극적으로 그들은 지금도, 그것도 똑같은 순간에 그 소리를 듣고 있는 걸까? 거기에는 스카라보타의 돌무덤이 있지 않을까? 거기에서 흥겨운 아이들의 라우테 소리가 염소와 양의 울음소리와 뒤섞여 들려오지 않을까? 등산객은 마치 혼란스런 베일이라도 벗기려는 것처럼 손으로 얼굴을 훔쳤다. 그가 들은 그 짧은 이야기는 정말로 작은 용담꽃이나 그와 비슷한 어떤 꽃처럼 이 산세계의 초원에서 생겨난 것일까? 아니면 이 멋지고 웅장한 산세, 이 굳어버린 거인이 그 짧은 소설의 틀에서 나온 것일까? 그가 이런 것들과 다른 비슷한 것들을 생각하고 있을 때 노래를 부르는 어떤 여자의 낭랑한 목소리가 귓전을 울렸다. 노래는 은거자는 결혼을 했다는 내용이었다. 그 목소리는 사람들이 잘 듣기 위해 숨을 죽이고 있는 가운데 음향장치가 잘 된 넓은 홀에서 울리는 것 같았다. 자연 또한 숨을 죽였다. 목소리는 암벽에서 노래하는 것 같았다. 그 목소리는 이따금 지극히 감미롭게 녹아내리거나 열정적인 고상함으로 가득 차 넓게 진동하며 그곳 암벽에서 흘러나오는 듯했다. 노래하는 여가수는 정반대 방향에서 루도비코의 육각형 집으로 가는 좁은 길을 걸어 올라오고 있었다. 그녀는 점토항아리를 머리에 이고 있었는데, 왼손을 들어 올려 그것을 살짝 붙들고, 오른손으로는 어린 딸을 데리고 가고 있었다. 그럼으로써 그 풍만하면서도 날씬한 모습은 꼿꼿하고 멋진 자세를 갖추었고, 아주 장엄하고 숭고한 분위기를 풍겼다. 이런 모습 앞에서 무언가 짐작되는 점이 바라보는 자의 마음속을 환한 빛과도 같이 스쳐 지나갔다.

갑자기 노래 소리가 멈춘 걸로 보아 아마도 그녀가 그를 발견한 것 같았다. 여자는 서쪽 하늘 반쪽의 광채를 가득 받으며 올라오고 있었다. 아이도 눈에 보였는데, 엄마에게 조용하고 깊숙한 목소리로 대답하고 있었다. 그러고 나서 여자의 맨발바닥이 거칠게 만들어진 계단을 철벅철벅 소리를 내며 딛는 소리가 들렸다. 짐을 이고 있었기 때문에 확실하고 안전하게 발을 디뎌야 했다. 기다리고 있는 사람에게 이 여인과의 만남을 앞둔 순간은 결코 느껴본 적 없는 긴장과 신비로움의 시간이었다. 그 여인은 아직 성인으로 자라나고 있는 것 같았다. 그녀는 짧은 치마를 두르고 있었고, 걸을 때마다 무릎이 슬쩍 노출되었으며, 맨어깨와 맨팔을 드러내고 있었다. 또한 당당한 자부심을 띠고 있음에도 불구하고 여성스러우며 귀여운 둥근 얼굴을 하고 있었고, 적갈색 흙으로 빚은 듯한 자연 그대로의 무성한 머리칼이 얼굴을 감싸고 있었다. 그녀는 남자여자이자 여자인간이며, 시리아의 여신32이고, 자신을 온전히 인간에게, 남자에게 바치기 위해 하느님과 사이가 벌어진 죄인이 아니었을까?

집으로 돌아가던 사람은 옆으로 비켜섰고, 밝게 빛나는 여인은 머리에 인 짐 때문에 그가 거의 알아차리지 못하게 인사에 답하면서 그를 지나쳐갔다. 그녀는 머리를 꼿꼿하게 세운 채 두 눈을 그에게로 향했다. 그때 그녀의 얼굴 위로 당당하며 자신감에 찬, 무언가를 아는 듯한 미소가 번졌다. 그런 다음 그녀는 다시 가던 길을 향해 시선을 아래로 던졌고, 그와 동시에 그녀의 눈썹 사이로 천상의 빛이 반짝이는 것처럼 보였다. 바라보던 사람은 어쩌면 한낮의 더위와 포도주와 그 밖에 경험한 모든 일들 때문에 너무 더웠을지 모른다. 그러나 분명한 것은 그가 이 여자 앞에서 너무나도 작아지고 있음을 느꼈

32_ 시리아의 여신은 고대 그리스에서 아타르가티스로 불린 다산의 여신이었다. 도시와 시민들의 여주인으로서 그들을 보호하고 잘 살게 할 의무도 지니고 있었다. 자신이 사랑하는 남자인간이 죽자 물에 빠져 죽어 인어가 되었다 하여 물고기의 여신으로도 불린다.

다는 것이다. 이 도톰한, 매혹적인 달콤함을 담은 거의 조롱하는 듯 잔잔한 주름이 잡힌 입술은 그녀에게서는 그 어떤 모순도 존재하지 않는다는 것을 알고 있었다. 이 목, 이 어깨, 생명의 숨결로 축복 받고 고동치는 이 가슴의 요구에 맞설 그 어떤 방어 수단도 무기도 존재하지 않았다. 그녀는 세상의 깊은 바닥에서 솟아올라 경탄해 하는 자의 곁을 지나 높이 올라갔다. 그리고 그녀는 무자비하게 버림받은 손 안에 천국과 지옥을 넘겨받은 여인이 되어 영원을 향해 쉬지 않고 오르고 또 오르고 있다.

선로지기 틸

Bahnwärter Thiel

　선로지기 틸은 당직을 서거나 아파서 눕는 날을 빼고는 일요일마다 언제나 노이-치타우의 교회 안에 앉아있었다. 10년이 흐르는 동안 그가 아팠던 적은 두 번 있었다. 한 번은 열차의 화차에서 떨어져 내린 석탄덩이 때문이었다. 그는 그것에 맞아 다리가 박살난 채 철길 옆 도랑에 내동댕이쳐졌다. 또 한 번은 쏜살같이 달려가던 급행열차에서 그의 가슴 한가운데로 날아든 포도주병 때문이었다. 이 두 가지 사고 외에는 어떤 것도 그가 시간이 날 때면 곧장 교회로 가는 것을 막지 못했다.

　그는 처음 5년 동안은 슈프레 강변의 주거지 셴-쇼른슈타인에서 노이-치타우로 혼자서 건너다녀야만 했다. 그러다가 어느 화창한 날 그는 허약하고 병들어 보이는 어떤 여자를 데리고 나타났는데, 마을 사람들 말대로 그녀는 헤라클레스 같이 우람한 그의 체구에는 별로 어울리지 않았다. 그러더니 마찬가지로 어느 화창한 일요일 낮에 그는 교회의 제단에서 이 여자에게 일생을 함께 하자고 엄숙하게 청혼을 했다. 이 젊고 부드러운 여자는 2년 동안 교회 의자에서 그의 옆에 앉았으며, 2년 동안 뺨이 움푹 들어간 그녀의 섬세한 얼굴은 험한 날씨에 그을린 그의 얼굴 곁에서 낡아빠진 찬송가책을 함께 들여다보았다. 그러고는 갑자기 선로지기는 다시 전처럼 홀로 앉아있게 되었다.

지나가버린 어느 평일에 조종(弔鐘)이 울렸으며, 그것이 전부였다.

마을 사람들의 확인대로 선로지기에게서는 거의 변화를 느낄 수 없었다. 그의 깨끗한 외출제복의 단추들은 예전과 마찬가지로 반짝반짝 닦여 있었고, 붉은 머리칼은 평상시와 마찬가지로 말끔히 기름을 발라 군인처럼 가르마가 타져 있었다. 다만 그는 머리칼이 덮인 굵은 목을 약간 수그리고는 전보다 더 열렬하게 설교에 귀 기울이거나 노래를 불렀을 뿐이었다. 그에게 부인의 죽음이 그다지 큰 영향을 주지는 않았다는 것이 일반적인 견해였는데, 이러한 견해는 틸이 1년이 지난 후 두 번째로 어느 뚱뚱하고 힘센 알테-그룬트 출신의 소젖짜는 여자와 결혼하자 강하게 뒷받침되었다.

틸이 혼인을 고하려고 찾아갔을 때 목사도 몇 가지 의문점들을 얘기했다.

"자네는 벌써 재혼하려는 건가?"

"죽은 여자와는 살림을 해나갈 수 없지요, 목사님!"

"물론 그렇지. 하지만 내 말은 자네가 좀 서두른다는 걸세."

"제게는 어린 아들이 문제입니다, 목사님."

틸의 부인은 아이를 낳다가 죽었는데, 그녀가 출산한 아이는 살아나서 토비아스라는 이름을 갖게 되었다.

"아 그래, 그 어린 아들."

목사는 이렇게 말하고는 이제야 그 꼬마가 기억난다는 것을 분명히 나타내는 몸짓을 취했다.

"이건 좀 다른 얘기인데, 자네는 근무하는 동안에 그 아이를 어디에 맡겨 왔나?"

틸은 토비아스를 어떤 할머니에게 맡겼는데, 한 번은 그 할머니가 아이를 불에 태워 죽일 뻔했던 일이 있었고, 또 한 번은 아이가 할머니의 무릎에서 땅바닥으로 굴러 떨어졌지만 다행히 커다란 상처만 한 군데 났었다는 얘기를 해주었다. 그는 그런 상태로 계속 지낼 수는 없으며, 더욱이 선천적으로 허약한 그 아이는 아주 특별히 돌봐야 한다고 말했다. 그는 그렇기도 하거니와 더 나아가 죽은 부인에게 아이가 잘 자랄 수 있도록 언제나 최선을 다해 돌봐줄 것을 굳게 약속했으므로 재혼을 결심하게 되었다고 말했다.

이제 일요일마다 교회에 나오는 새로운 한 쌍의 부부에게 사람들은 겉으로는 아무런 이의를 제기하지 않았다. 소젖 짜던 여자는 선로지기에게 안성맞춤인 것처럼 여겨졌다. 그녀는 그보다 키가 머리 절반 정도도 채 작지 작았으며 골격에 있어서는 그를 압도했다. 그녀의 얼굴 또한 그의 얼굴만큼이나 아주 거칠게 다듬어져 있었는데, 다만 그녀의 얼굴에는 그의 얼굴과는 반대로 영혼이 깃들어있지 않았다.

틸이 자신의 두 번째 부인에게서 끈질긴 일꾼이자 모범적인 살림꾼의 모습을 찾기를 소망했다면 이 소망은 깜짝 놀랄 만큼 완벽하게 실현된 셈이었다. 하지만 그는 부인에게서 미처 알지 못한 세 가지 것을 덤으로 받았다. 그것은 혹독하며 지배욕에 찬 기질, 호전성, 무자비한 격정이었다. 반년이 지나자 선로지기의 작은 집에서 주도권을 쥐고 있는 사람이 누구인지가 온 동네에 알려졌다. 사람들은 선로지기를 불쌍히 여겼다.

격분한 남편들은 그 '천한 계집'이 틸과 같은 착한 사람을 남편으로 얻게 된 것은 행운이라면서, 그녀는 사람들에게서 혹독하게 냉대받게 될 것이라고 말했다. 그들은 그런 '짐승'은 길들여져야 한다며, 달리 방법이 없다면 때려서라도 그렇게 해야 한다고 말했다. 그녀는 녹초가 되도록, 간신히 숨만 쉴 정도로 두들겨 맞아야 한다는 것이었다.

그러나 틸은 억센 팔을 가졌지만 그녀를 두들겨 패줄 만한 사람이 아니었다. 사람들이 무엇 때문에 열을 내는지 그는 그다지 신경 쓰지 않는 것 같았다. 그는 부인의 끝없는 잔소리를 보통은 말없이 견뎌냈으며, 그가 한 번 대답을 할 때면 질질 끄는 그의 느린 말의 속도와 나지막하고 차분한 톤은 날카롭게 외치는 부인의 욕지거리와 지극히 묘한 대립을 이루었다. 바깥세상은 그에게 거의 영향을 미칠 수 없는 듯했다. 그는 마치 자신의 내부에 무언가를 지니고 있어 그것을 통해 바깥세상이 자신에게 행하는 온갖 나쁜 것을 좋은 것으로 충분히 메워 받아들이고 있는 것 같았다.

질기게도 무덤덤한 기질에도 불구하고 그에게도 바보 취급을 당하면 가만히 있지만은 않는 순간들이 있었다. 그것은 언제나 어린 토비아스와 관련된 일들 때문이었다. 그럴 때면 그의 어린애 같이 착하고 부드러운 성질은 단호함의 색채를 띠게 되었고, 이때는 레네처럼 다루기 힘든 기질도 감히 맞서지 못했다.

그러나 그가 이러한 성질의 일면을 드러내 보이는 순간들은 시간이 흐르면서 점점 더 드물어지고 마침내 완전히 사라졌다. 첫해 동안 그가 레네의 지배욕에 맞섰던 꽤 고통스런 저항도 두 번째 해에는 역시 사라졌다. 그는 그녀와 다투고 난 후에는 먼저 그녀를 달래놓아야지 더 이상 전처럼 무관심하게 출근할 수 없었다. 그는 결국 그녀에게 다시 서로 잘 지내자고 간청하기 위해 종종 비굴하게 자신을 낮추곤 했다. 그에게 변경의 소나무 숲 가운데에 있는 외딴 근무초소는 더 이상 예전처럼 그가 가장 즐겨하는 거처가 되지 못했다. 죽은 아내를 향해 잔잔하게 몰입하던 그의 생각들은 살아있는 여자에 대한 생각에 의해 훼손되었다. 그는 이전처럼 내키지 않는 마음으로가 아니라 이제는 교대시간까지 시간이 얼마나 남았는지 여러 번 셈해보고 난 다음 급히 서둘러서 퇴근길에 오르게 되었다.

첫 번째 부인과 좀 더 심화된 정신적 사랑으로 결합되었던 그는 거친 충동의 힘에 의해 두 번째 부인의 위력 속으로 빠져들어 결국 모든 면에서 거의 무조건적으로 그녀에게 종속되었다. 이따금 그는 일이 그렇게 돌변한 데 대해 자책감을 느꼈으며, 자책감에서 벗어나도록 자신을 도와줄 어떤 특별한 보조수단을 필요로 했다. 그리하여 그는 자신의 작은 근무초소와 자신이 돌보게 되어 있는 선로구간을 오로지 죽은 여인의 영혼에게만 받쳐져야 할 일종의 성스러운 구역으로 은밀하게 설정했다. 실제로 그는 지금까지 온갖 구실을 대어 부인이 자신을 따라 그곳에 가는 것을 막아왔다.

그는 언제까지나 그렇게 할 수 있게 되기를 바랐다. 그의 초소번호를 알지 못하는 레네는 초소를 찾아내기 위해 어느 방향으로 길을 잡아야 할지 모를 것이었다.

틸은 그렇게 자신에게 주어진 시간을 살아있는 여자와 죽은 여자 사이로 양심적으로 나눠 놓을 수 있게 됨으로써 실제로 자신의 양심을 진정시켰다.

그는 자주 자연스레, 무엇보다도 혼자서 경건하게 생각에 잠겨 있는 순간 자신이 죽은 부인과 정말로 가슴 깊이 완전하게 하나가 될 때면 현실의 불빛 속에서 자신의 현재 상황을 바라보고는 역겨움을 느꼈다.

그가 낮 근무를 할 때면 죽은 부인과의 정신적 교류는 그녀와 함께 살던 시절의 정겨운 추억들로 국한되었다. 그러나 날이 어두워지고, 소나무들 사이를 뚫고 철길 위로 눈보라가 몰아칠 때면 그의 전등불빛이 비추는 한밤중의 작은 근무초소는 예배당이 되었다.

그는 죽은 부인의 빛바랜 사진을 책상 위에 올려놓고, 찬송가책과 성경책을 펼쳐놓고는 긴 밤 내내 번갈아 읽고 노래했는데, 그것은 시간 간격을 두고 쏜살같이 지나치는 기차들에 의해서만 중단될 뿐이었다. 그러면서 그는 얼굴들의 환영이 보이게 되기까지 고조되는 무아경 속에 빠져들어 죽은 부인을 생생하게 살아 있는 듯이 바라보았다.

선로지기 틸이 꼬박 10년 동안 쉬지 않고 관리해 온 초소는 외딴 벽지에 위치함으로써 그의 신비주의적 성향을 키우는 역할을 했다.

그 초소는 사방 어디로도 사람이 사는 집에서 최소한 45분은 걸릴 만큼 떨어진 채 숲 가운데의 건널목 바로 옆에 놓여 있었고, 선로지기는 건널목 차단기 조작 업무도 수행해야 했다.

여름에는 몇 날, 겨울에는 몇 주가 지나는 동안 틸과 그의 동료를 제외하고는 어떤 사람의 발길도 그 구간을 지나지 않았다. 주기적으로 반복되는 날씨와 계절의 바뀜만이 그 황량한 곳에 거의 유일한 변화를 가져다주었다. 두 가지 사고 외에 틸의 근무시간의 규칙적인 흐름을 깨뜨렸던 사건들은 어렵지 않게 훑어볼 수 있었다. 4년 전에는 황제를 태우고 블레스라우로 가던 황실특별열차가 통과해 갔다. 어느 겨울밤에는 급행열차가 수노루 한 마리를 치었다. 어느 무더운 여름날에는 틸이 관할구역 선로 검사를 하던 중 코르크마개로 닫힌 포도주병을 발견했다. 그것을 붙잡은 그는 무척 뜨겁다는 걸 알았고,

코르크마개를 따자 곧바로 물줄기가 솟아오르는 걸로 보아 아주 잘 발효된 매우 훌륭한 포도주일 것으로 여겼다. 틸은 그 포도주병을 차갑게 식히기 위해 숲속의 얕은 호숫가에 두었는데, 어찌된 일인지 그것이 없어져버려 몇 년이 지난 뒤에도 그것을 잃어버린 데 대해 안타까워해야 했다.

작은 초소 바로 뒤에 있는 샘물은 선로지기 틸에게 얼마간의 기분 전환을 하도록 해주었다. 이따금 근처에서 근무하는 철도노동자나 전신국근로자들이 그 샘물에서 물을 마셨고, 물론 그럴 때면 그들과 짧은 대화도 이루어졌다. 산림감독관들 또한 갈증을 달래기 위해 가끔 찾아왔다.

토비아스는 성장이 느려서 태어난 지 2년쯤 되어서야 간신히 말하고 걷는 것을 배웠다. 그는 아버지에게 아주 특별한 애착을 보였다. 그가 깨우쳐 갈수록 아버지의 오랜 사랑도 다시 깨어났다. 아버지의 사랑이 커져 가는 만큼 토비아스에 대한 계모의 사랑은 줄어들었으며, 그것은 한 해가 또 지나 레네가 마찬가지로 아들을 낳자 분명한 혐오로 변했다.

그때부터 토비아스에게는 힘든 시간이 시작되었다. 그는 특히 아버지가 없을 때에는 끊임없이 구타당했고, 아무런 보상도 없이 울보 아기를 돌보느라 연약한 힘을 다 바쳐야 했으므로 몸은 점점 더 녹초가 되어갔다. 그의 머리통은 비정상적으로 컸다. 불타듯 붉은 머리털

과 그 아래의 백묵처럼 창백한 얼굴은 밉상이었고 가뜩이나 빈약한
외모와 어우러져 측은한 인상을 주었다. 발육이 뒤처진 토비아스가
건강이 넘쳐흐르는 꼬마 동생을 팔에 안고 힘겹게 아래쪽 슈프레 강
으로 몸을 끌고 갈 때면 오두막집들의 창문 뒤에서는 저주의 말들이
떠들썩했으나 그것이 감히 밖으로 새나가지는 않았다. 그러나 어느
누구보다도 가까운 당사자인 틸은 그런 것들을 제대로 알아차리지
못하는 듯했고, 착한 이웃사람들이 그에게 던지는 귀띔 또한 이해하
려 들지 않았다.

2

6월 어느 날 아침 7시쯤 틸은 근무를 마치고 돌아왔다. 그의 부인
은 인사도 채 끝내기 전에 늘 하던 식으로 큰소리로 한탄하기 시작했
다. 그때까지 가족이 먹고 살 감자를 확보해 주었던 소작농지가 몇
주 전에 임대해약 되었는데, 레네는 아직까지 다른 대체농지를 찾지
못했던 것이다. 농지를 걱정하게 된 것이 그녀의 책임이었는데도 틸
은 금년에 비싼 돈을 주고 열 포대의 감자를 사야 된다면 그 책임은
다름 아닌 자신에게 있다는 말을 몇 번이고 들어야 했다. 틸은 투덜
거릴 뿐 레네의 말에 별다른 관심을 기울이지 않고 곧장 근무 없는

밤이면 함께 누워 잤던 큰 아이의 침대로 갔다. 그는 거기에 앉아서 선한 얼굴로 세심하게 보살피는 표정을 지으며 잠자는 아이를 관찰했다. 그는 달려드는 파리들을 아이에게서 쫓아내다가 결국 아이를 깨웠다. 잠에서 깬 아이의 움푹 들어간 파란 눈에서는 감동적인 기쁨의 기색이 나타났다. 아이는 가냘픈 미소를 짓느라 입 언저리를 일그러뜨리면서 재빨리 아버지의 손을 붙잡았다. 선로지기는 곧바로 아이가 옷 입는 것을 도와주었는데, 약간 부풀어 오른 아이의 오른쪽 붉은 뺨 위에 하얀 손톱자국이 나 있는 것을 알아챈 다음 그의 표정에는 한 순간 어두운 그림자 같은 것이 스쳐지나갔다.

아침식사를 하면서 레네가 더욱 열을 내며 앞서 제기했던 먹고사는 문제를 다시 들먹였다. 그러자 틸은 철둑을 따라 아주 가까이 있는 땅 한 떼기를 너무 외진 곳에 있다는 이유로 보선장이 자신에게 무상으로 넘겨주기로 했다는 소식을 전하며 그녀의 말을 막았다.

레네는 처음에는 그 말을 믿으려 하지 않았다. 그러나 점차 그녀의 의심은 사그라지고, 더없이 기분 좋은 상태에 빠져들었다. 그 땅의 넓이와 토질에 대한 질문은 물론 그 밖의 다른 질문들도 모두 형식적인 것이었고, 무엇보다 그 땅 위에 두 그루의 키 작은 과일나무가 서 있다는 것을 알았을 때 그녀는 마냥 좋아했다. 더 이상 물어볼 것이 없게 된 데다 그 마을의 어떤 집에서나 들을 수 있는 구멍가게의 종소리가 끊임없이 울리자 그녀는 그 작은 마을에 새 소식을 퍼뜨리기 위해 쏜살같이 달려 나갔다.

레네가 물건들로 가득 찬 구멍가게의 어두운 방으로 가는 동안 선로지기는 집에서 열심히 토비아스와 놀아주는 데 몰두했다. 아이는 틸의 무릎 위에 앉아 그가 숲에서 가져온 몇 개의 솔방울을 가지고 놀았다.

아버지는 "너 뭐가 될래?"라고 물었는데, 이 질문은 아이의 "보선장"이라는 대답과 마찬가지로 항상 하는 틀에 박힌 것이었다. 이 질문은 단순한 물음이 아니었다. 실제로 그 정도 높이까지 오르는 것이 선로지기의 꿈이었던 것이며, 그는 토비아스에게서 하느님의 도움으로 무언가 뛰어난 것이 이룩되기를 바라는 소망과 기대를 진정으로 품었던 것이다. 어린 아이의 핏기 없는 입술에서 물론 무엇을 뜻하는지도 모르면서 "보선장"이라는 대답이 나오자마자 틸의 얼굴이 환해지기 시작하더니 마침내 충만한 행복감으로 한껏 빛났다.

"토비아스, 나가 놀거라!"

그는 잠시 후 아궁이 속의 불붙은 톱밥으로 담배 파이프에 불을 붙인 후 말했다. 아이는 수줍게 기뻐하며 곧장 문으로 달려 나갔다. 틸은 옷을 벗고 침대로 가서 오랫동안 많은 생각에 잠긴 채 낮고 갈라진 천장을 바라보다가 잠이 들었다. 그는 낮 12시쯤 깨어 부인이 늘 하던 대로 소란스럽게 점심용 빵을 준비하는 동안 옷을 입고 집을 나서 거리로 나갔는데, 거기에서 곧장 손가락으로 벽에 난 구멍에서 석회를 긁어내어 입에 집어넣는 토비아스의 모습을 목격했다. 선로지기는 토비아스의 손을 잡고 마을의 작은 집들을 여덟 채쯤 지나 잎이 드문드문 달린 포플러나무들 사이에 검고 무표정하게 놓여 있는 슈프레 강으로 내려갔다. 물가에 바짝 붙은 화강암덩이 한 개가 있었는데, 틸은 그 위에 앉았다.

동네 사람들은 어느 정도 견딜만한 날씨만 되면 그곳에서 그를 보는 것에 익숙해져 있었다. 아이들은 특별히 그에게 의존했으며, 그를 '틸 아버지'라 불렀고, 특히 그가 어린 시절로부터 기억해낸 많은 놀이들을 그에게서 배웠다. 그가 기억해낸 것들 중 최고의 것은 토비아스를 위한 것이었다. 그는 토비아스에게 경첩 모양의 화살을 깎아 만들어주었는데, 그것은 다른 모든 아이들의 것보다 더 높이 날았다. 그는 토비아스에게 버들피리를 만들어주었고, 자신의 주머니칼 뿔손잡이로 나무껍질을 가볍게 두드리면서 거드름을 피우며 무뎌진 저음으로 마법의 노래를 불러주었다.

사람들은 그의 유치한 짓거리들을 좋게 여기지 않았다. 그들은 어떻게 그가 코흘리개들과 그토록 잘 어울릴 수 있는지 이해하지 못했다. 그렇지만 그들은 아이들이 그의 보살핌을 받으며 잘 지내고 있으므로 근본적으로는 그의 행동에 만족해했다. 나아가 틸은 아이들을 데리고 진지한 일들도 했는데, 큰 아이들에게는 학교숙제가 무언지 물어보고 성경과 찬송가 구절을 익히도록 도와주었으며, 작은 아이들을 데리고는 아-베-아프, 데-우-두 등과 같이 철자를 읽혔다.

점심식사를 한 다음 선로지기는 다시 한 번 잠시 누워서 쉬었다. 휴식을 끝낸 후 오후커피를 마셨고, 그런 다음 곧장 근무하러 갈 준비를 했다. 그는 자신의 모든 업무가 그렇듯 준비하는 데 많은 시간을 요했다. 장비를 다루는 모든 방법은 몇 년 전부터 정해져 내려왔는데, 그는 작은 호두나무장롱 위에 조심스레 펼쳐져 있는 칼, 메모장, 빗, 큰 틀니 한 개, 포장된 낡은 시계 등의 물건들을 항상 똑같은 순서대로 자신의 옷 호주머니들 속에 넣었다. 빨간 종이에 싼 작은 소책자는 특별히 조심스럽게 다루었다. 그것은 밤 동안에는 선로지기의 베개 밑에 놓여있었고 낮에는 그에 의해 언제나 작업복 상의 안주머니로 옮겨졌다. 표지 아래 꼬리표에는 틸의 손으로 쓴 서툴지만 멋진 장식체로 된 글씨가 쓰여 있었다. '토비아스 틸의 저금통장'.

틸이 집을 나설 때 긴 추와 누런 글자판이 달린 벽시계는 4시 45분을 가리켰다. 그는 자기 소유인 작은 조각배로 강을 건넜다. 건너편 슈프레 강변에서 그는 몇 번 멈춰 서서 마을 쪽을 향해 귀를 기울였다. 마침내 그는 넓은 숲길로 꺾어들어 몇 분 후에는 나무들이 흔들리는 소리가 깊숙하게 나는 소나무 숲 가운데에 이르렀는데, 숲의 침엽수림은 흡사 파도치는 검푸른 바다와도 같았다. 그는 펠트 위를 걷듯 소리 없이 축축한 이끼층과 솔잎층으로 된 숲길을 걸어갔다. 그는 올려다보지 않고도 자신의 길을 찾았다. 고목림의 황갈색 나무기둥

들을 통과해 가면 저쪽에서는 빽빽하게 뒤엉킨 어린 나무숲을 지나게 되고, 좀 더 가면 유목들의 지속적인 성장을 위해 보전해 놓은 높게 쭉 뻗은 소나무들이 그늘을 드리운 넓은 유목보호구역을 지나게 되었다. 푸르스름하고 투명한 안개가 온갖 향기를 머금은 채 땅에서 솟아올라 나무들의 형태를 희미하게 만드는 것 같았다. 육중한 우윳빛 하늘은 나무꼭대기 위로 깊숙이 내려앉아 있었다. 까마귀 떼는 쉬지 않고 깍깍 소리를 지르면서 잿빛 공기 속에서 몸을 씻고 있었다. 검은 물웅덩이들은 길의 깊게 패인 곳들을 채우고 흐릿한 자연을 더욱 흐릿하게 반사시켰다.

틸은 깊은 생각에서 깨어나 위를 올려다보고는 지독히도 나쁜 날씨라고 생각했다.

그런데 갑자기 그의 생각이 다른 쪽으로 향했다. 그는 어렴풋이 집에서 무언가를 잊고 가져오지 않았다는 느낌이 들었으며, 주머니를 뒤져보고는 긴 근무시간을 위해 꼭 가져왔어야 할 버터빵을 정말로 가져오지 않았다는 사실을 알았다. 그는 잠시 망설이며 서 있다가 갑자기 몸을 돌려 급히 마을 쪽으로 되돌아갔다.

단시간 내에 그는 슈프레 강에 이르렀고, 힘차게 몇 번의 노를 저어 강을 건넌 다음 온몸이 땀에 젖은 채 완만하게 경사진 마을길을 곧장 올라갔다. 구멍가게의 늙고 추한 삽살개가 길 가운데에 누워있었다. 타르 칠이 된 어느 소작농장의 판자울타리 위에는 뿔까마귀 한 마리가 앉아있었다. 뿔까마귀는 날개를 펼쳤고, 몸을 흔들었고, 머리를 끄덕였으며, 귀청이 찢어질 듯한 깍깍 소리를 내질렀고, 휙 소리를 내며 날개를 푸덕거리면서 날아올라 바람을 타고 숲이 있는 방향으로 날아갔다.

스무 명쯤 되는 어부와 산림근로자들이 가정을 이루고 사는 그 작은 마을의 주민은 아무도 눈에 띄지 않았다.

날카롭게 울리는 목소리가 너무도 소란하게 정적을 깨뜨려 선로지기는 자신도 모르게 달리던 걸음을 멈추었다. 한바탕 격하게 내뱉는 시끄러운 소리가 그의 귓전을 때렸는데, 그 소리는 그가 너무도 잘 알고 있는 어느 낮은 집의 열린 박공창에서 나오는 것 같았다.

그는 가능한 한 발걸음소리를 죽이면서 살금살금 좀 더 가까이 다가가서는 자신의 부인의 목소리임을 분명하게 구별해냈다. 그는 거의 움직이지 않았고, 그녀의 말을 대부분 알아들을 수 있었다.

"이런 냉정하고 무자비한 놈! 가엾은 어린것을 그토록 배고파서 울부짖도록 해? 어떻게 그럴 수 있어? 좋아, 조금만 기다려. 내가 네놈에게 정신 차리도록 가르쳐주지! 너 각오하고 있어."

한동안 조용했다. 그런 다음 옷가지들을 털어내는 듯한 소리가 들리더니 곧바로 또 다른 욕설들이 마구 터져 나왔다.

"이 천한 풋내기야."

빠른 속도로 내뱉는 말이 아래쪽으로 울렸다.

"너 같이 천한 놈 때문에 내 친자식을 굶주리게 해야 되겠어? 입 닥쳐! 그렇지 않으면 한 끼로 일주일을 먹게 할 거야."

외침소리에 이어 나지막하게 흐느끼는 소리가 들렸다. 흐느끼는 소리는 그치지 않았다.

선로지기는 가슴이 불규칙적으로 무겁게 고동치는 것을 느꼈다. 그는 살며시 몸을 떨기 시작했다. 그의 시선은 넋 나간 듯 땅바닥에 고정되어 있었고, 통통하고 단단한 손은 계속해서 축축한 머리칼을 옆으로 쓸어 내렸고, 머리칼은 연거푸 주근깨가 난 이마로 파고들었다.

한 순간 무언가가 그를 엄습했다. 그것은 근육을 팽창시키고 손가락들을 움켜쥐게 한 경련이었다. 그는 힘이 쭉 빠졌고, 몽롱한 무력감이 들었다.

비틀거리는 발걸음으로 선로지기는 벽돌이 깔린 좁은 현관으로 들어섰다. 그는 지친 몸으로 천천히 삐거덕거리는 나무계단을 올라갔다.

"퉤, 퉤, 퉤!"

다시 시작되었고, 누군가 온갖 분노와 멸시의 표시로 연거푸 세 번 침을 뱉는 듯한 소리가 들렸다.

"이 천하고, 비열하고, 교활하고, 음흉하고, 겁 많고, 상스런 놈아!"

말들은 억양이 점점 높아지며 이어졌고, 그녀가 내뱉는 목소리는 이따금 악을 씀으로써 쇳소리가 났다.

"네가 내 아이를 때리려고 하다니 말이 돼? 너 같이 천한 장난꾸러기가 감히 불쌍하고 힘없는 아이를 혼내려고 해? 어떻게 그럴 수 있어? 나 원 참. 어떻게 그럴 수 있냔 말야? 난 너 때문에 엉망이 되고 싶지 않고, 더구나⋯⋯"

이 순간 틸이 거실 문을 열었고, 그래서 깜짝 놀란 부인은 시작한 말의 끝을 맺지 못한 채 목구멍에 남겨두었다. 그녀는 화가 나서 얼굴이 새하얘졌다. 그녀의 입술은 분노로 실룩거렸다. 그녀는 오른손을 들어올렸다가 내리고는 우유단지를 붙들고 그걸로 아기 우윳병을 가득 채우려고 했다. 우유의 대부분이 우윳병에서 식탁 위로 흘러내리자 그녀는 우유를 절반만 채운 채 중단했고, 흥분하여 완전히 제정신을 잃고 이 물건을 잡았다가 저 물건을 잡으면서 잠시도 붙들고 있지 못했다. 마침내 그녀는 무슨 이유로 이런 때 아닌 시간에 집에 돌아왔느냐며, 그가 자신에게서 무언가를 엿들으려 한 것이라고 분개하며 남편을 심하게 야단치기에 이르렀다.

"그렇다면 마지막이 될 거예요."

레네는 경고하듯 말했고, 바로 뒤이어서 자신은 순수한 양심을 지니고 있으며 어느 누구 앞에서도 시선을 내리깔 필요가 없다고 말했다.

틸은 그녀가 말하는 것을 거의 듣지 않았다. 그의 시선은 큰 소리로 울고 있는 토비아스의 모습을 재빨리 스쳐지나갔다. 한 순간 그는 가슴속에서 솟아오르는 어떤 무시무시한 감정을 억지로 억누르고 있음에 틀림없는 듯 보였다. 그러더니 돌연 팽팽하게 긴장된 표정 위에 오래도록 몸에 밴 덤덤함이 자리 잡았는데, 그것은 감춰진 욕망의 눈빛으로 기이하게 생기를 띄었다. 잠깐 동안 그의 시선은 부인의 강건한 사지를 훑어보았는데, 그녀는 그를 외면한 채 이것저것 손보면서 여전히 태연자약하려고 했다. 그녀의 반쯤 노출된 풍만한 가슴은 흥분으로 부풀어 조끼를 파열시키려 위협했고, 추켜올린 치마는 넓은 엉덩이를 더욱 넓게 보이도록 했다. 부인에게서는 틸이 맞설 수 없다고 느끼는, 억누를 수 없고 피할 수 없는 힘이 솟아나는 듯했다.

무언가가 부드러운 거미줄처럼 가벼우면서도 철망처럼 견고하게 결박하고, 휘감고, 힘을 빼놓으면서 그를 에워싸고 있었다. 그는 이런 상태에서는 그녀에게 한 마디 말도, 최소한 욕 한 마디도 할 수 없을 것 같았다. 그리하여 토비아스는 눈물로 온몸을 적신 채 두려움에 떨며 구석에 웅크리고 앉아 아버지가 더 이상 자신 쪽을 바라보지 않고 난로 옆 의자에서 잊고 갔던 빵을 집어 들어 유일한 언어소통으로서 어머니에게 내밀어 보이고는 멍하니 살짝 고개를 끄덕이고 곧장 다시 사라지는 모습을 바라볼 수밖에 없었다.

3

틸은 가능한 한 서둘러 숲속의 고요함 속으로 달려갔지만 규정시간보다 15분이나 늦게 자신의 근무 장소에 도착했다.

근무 중 피할 수 없는 급격한 기온 변화 때문에 폐결핵에 걸린 보조선로지기는 그와 근무교대를 했다. 그는 어느새 퇴근 준비를 마치고 초소의 모래로 된 작은 플랫폼 위에 서 있었는데, 나무둥치들 사이로 커다란 초소번호가 하얀 바탕 위에서 검게 반짝였다.

두 사람은 서로 악수를 하고, 몇 마디 짧은 전달사항을 주고받고는 헤어졌다. 한 사람은 초소 안으로 사라지고, 다른 한 사람은 철길을 건너 틸이 걸어왔던 길을 따라 걸어갔다. 그의 발작적인 기침소리가 가까이 들리더니 나무둥치들 사이로 멀어지고, 그와 함께 그 황량한 숲속의 유일한 인간의 소리는 사라졌다. 틸은 밤을 넘기기 위해 여느 때와 마찬가지로 자신의 방식대로 근무초소의 네모난 벽돌방을 정돈하기 시작했다. 마음은 조금 전 집에서의 충격적 상황에 몰입된 가운데 그는 기계적으로 방을 정돈했다. 그는 철로를 느긋하게 내다볼 수 있는 두 개의 틈이 벌어진 측면창문 중 한 창문 옆에 놓인 좁은 갈색 식탁 위에 저녁식사용 빵을 내려놓았다. 그런 다음 그는 작고 녹슨 난로에 불을 붙이고 그 위에 찬물이 담긴 주전자를 올려놓았다. 그는 마지막으로 괭이, 삽, 바이스와 같은 도구들을 대강 정돈해 놓은 다음 등을 닦고 거기에 새로이 석유를 채워 넣었다.

그런 일들을 마치자 날카로운 세 번의 종소리가 반복하여 울림으로써 블레스라우 방면에서 오는 기차가 인접 역을 출발했다는 것을 알렸다. 틸은 조금도 서두르지 않고 한동안 더 초소 안에 머무르다가 마침내 신호기와 탄약주머니를 손에 들고 천천히 밖으로 나갔다. 그는 신발을 질질 끌며 게으른 걸음으로 좁은 모랫길을 지나 스무 발짝쯤 떨어진 건널목으로 향했다. 틸은 그곳이 비록 사람의 통행이 뜸한 길이긴 하지만 모든 기차가 지나기 전후에 성심껏 차단기를 내리고 열었다.

그는 차단기 작업을 마치고 이제 기차가 오기를 기다리며 검은색과 흰색으로 된 차단봉에 기대어 서 있었다.

철길은 좌우로 곧게 뻗어 거대한 녹색 숲속으로 빨려들었는데, 그 양쪽은 침엽수림이 막고 있었고, 그 사이에 적갈색 철둑을 가로지르는 자갈이 뿌려진 오솔길이 열려 있었다. 철둑 위에 놓인 평행선으로 달리는 검은 선로는 전체적으로 보면 쇠로 된 거대한 그물코와 같았는데, 그 좁은 가닥들은 아스라이 먼 남쪽과 북쪽에서 지평선의 한 점으로 만나고 있었다.

바람이 일어 아래쪽 숲가로 조용한 물결을 일으키더니 먼 곳으로 빨려 들어갔다. 철길을 따라 서 있는 전신주들에서는 윙윙거리는 화음이 울렸다. 커다란 거미줄과도 같이 전신주와 전신주를 휘감으며 이어져 있는 전선들 위에는 재잘거리는 새 떼가 촘촘히 열을 지어 달라붙어 있었다. 딱따구리 한 마리가 시선을 끌지 못한 채 웃으면서 틸의 머리 위를 지나 멀리 날아갔다.

거대한 구름덩이 아래로 막 내려앉은 태양은 검푸른 수목 꼭대기들 속으로 가라앉으려고 숲 위에 자줏빛 물줄기들을 쏟아 부었다. 철둑 건너편 소나무둥치들의 아치도 안에서부터 불이 붙어 쇠처럼 반짝였다.

선로도 불타는 뱀과 같이 반짝이기 시작했지만 먼저 꺼졌다. 그리고 이제 불빛은 서서히 땅에서 공중으로 솟아올라, 먼저 소나무들의 둥치를 거쳐 머리의 대부분을 차가운 부패의 빛 속에 남기면서 마지막으로 맨 꼭대기의 가장자리를 붉은 빛으로 쓰다듬으며 비추었다. 그 장엄한 광경은 소리 없이 화려하게 진행되었다. 선로지기는 여전히 움직이지 않고 차단기 옆에 서 있었다. 마침내 그는 한 발짝 앞으로 나갔다. 선로가 서로 만나는 지평선상의 검은 점이 점점 커졌다. 그 점은 시시각각 커지면서 어느 한 지점에 서 있는 것처럼 보였다. 갑자기 그 점은 움직이면서 가까이 다가왔다. 선로를 통하여 진동과 윙윙거리는 소리가 났다. 리듬을 띤 삐걱거림 소리와 둔탁한 소음은 점점 더 커지면서 마침내 마구 돌진해오는 기마대의 말발굽소리와도 같아졌다.

숨 가쁘게 달리는 요란한 소리가 멀리서부터 대기를 뚫고 간헐적으로 솟구쳐 올랐다. 그러고 나서 갑자기 고요한 적막은 깨졌다. 미친 듯 날뛰는 노호와 굉음이 사방을 메웠고, 선로는 휘었고, 땅은 진동했으며, 강한 기압으로 먼지와 증기와 연기가 섞인 구름이 일더니 숨을 헐떡이는 검은 미치광이는 지나가 버렸다. 굉음은 일어날 때와 마찬가지로 서서히 잦아들었다. 연기도 점차 사라졌다. 하나의 점으로 오그라든 채 기차는 멀리 사라졌고, 오랜 동안 내려온 성스러운 침묵이 외진 숲 위에 한데 어우러져 있었다.

"민나."

선로지기는 꿈에서 깨어난 듯 속삭이고는 초소로 돌아갔다. 그는 커피를 연하게 탄 다음 앉아서 이따금 한 모금씩 마시면서 철길 어딘가에서 주워온 더러운 신문지 조각을 바라보았다.

점점 이상한 불안감이 그를 엄습했다. 그는 그것을 작은 방을 가득 비추는 빵 굽는 난로불빛 탓으로 돌리고, 편안한 마음을 찾으려고 재킷과 조끼를 벗었다. 그래도 아무 도움이 되지 않자 그는 일어나서 구석에 있던 삽을 들고 선사 받은 그 작은 밭으로 갔다.

그곳은 좁은 모래 땅뙈기였으며, 잡초가 무성하게 덮여 있었다. 그 위에 서 있는 두 그루의 작은 과일나무 가지들에서는 어린 꽃들이 새하얀 거품처럼 화사하게 피어 있었다.

틸은 안정이 되었고, 잔잔한 기쁨이 다가왔다.

이제 그는 일을 하기 시작했다.

삽은 삐걱거리며 땅을 팠고, 축축한 흙덩이들은 둔중하게 뒤로 넘어가 부스러졌다.

그는 한동안 쉬지 않고 팠다. 그런 다음 갑자기 멈추고는 심각하게 머리를 이리저리 흔들면서 큰 소리로 분명하게 혼잣말을 했다.

"안 돼. 안 돼. 그건 안 돼."

그는 되풀이 하며 말했다.

"안 돼. 안 돼. 그건 절대로 안 돼."

갑자기 그에게는 레네가 종종 밭을 갈기 위해 밖으로 나오게 될 것이며, 그렇게 되면 지금까지 이어온 생활방식이 분명 심각하게 요동칠 것이라는 생각이 들었다. 그리고 밭을 갖게 된 데 대한 그의 기쁨은 돌연 역겨움으로 변했다. 그는 마치 무언가 부당한 일이라도 하려고 했었던 듯 서둘러 삽을 흙에서 빼내어 다시 초소로 가져갔다. 여기서 그는 다시 몽롱한 생각에 골똘히 잠겼다. 그는 왜 그런지는 잘 알 수 없었지만 레네가 하루 종일 근무 중인 자신 곁에 있게 될 것이라는 예상은 마음을 다스리려고 아무리 노력해도 점점 더 견딜 수 없게 되었다. 그에게는 자신에게 값진 무언가를 지켜야만 한다는, 또한 누군가가 자신의 가장 신성한 것에 손을 대려고 한다는 생각이 들었으며, 입술에서 도발적인 짧은 웃음이 터져 나오면서 자신도 모르게 근육이 가볍게 떨리며 팽창되었다. 웃음소리의 울림에 깜짝 놀라 그는 위를 올려다보았고, 곧장 명상의 실타래를 놓쳐버렸다. 그는 그 실타래를 다시 찾자 바로 그 오랜 문제 속으로 파고 들어갔다.

그리고 갑자기 두꺼운 검은 커튼이 두 조각나듯 무언가가 갈라졌고, 그의 흐릿해진 두 눈은 뚜렷한 조망을 얻게 되었다. 그는 갑자기 마치 2년 동안의 죽음과도 같은 잠에서 깨어나 자신이 이 상황에서 저지르게 되어 있는 소름끼치는 모든 일을 믿을 수 없다는 듯 머리를 흔들면서 바라보는 듯한 기분이 들었다. 바로 얼마 전에 본 모습들로 재삼 확인할 수 있었던 큰 아이의 수난이 뚜렷하게 그의 가슴에 다가왔다. 동정과 후회와 함께, 의지할 데 없는 사랑하는 아이를 보살피지 않고, 아이가 얼마나 심한 고통을 겪고 있는지 확인할 힘조차 내지 못한 채 지금까지 줄곧 굴욕적으로 참으면서 살아온 데 대한 처절한 수치심이 그를 사로잡았다.

자신의 태만 때문에 벌어진 온갖 죄악에 대한 자학적인 생각들을 하는 사이 그에게는 극심한 피로가 몰려왔고, 그래서 식탁에 올려놓은 손에 이마를 묻고 등을 구부린 채 잠이 들었다.

그는 한동안 그렇게 구부리고 있다가 숨 막히는 듯한 목소리로 여러 번 '민나'라는 이름을 불렀다.

무한히 넓은 물에서 들려오는 듯한 쏴 하고 부서지는 소리가 그의 귀를 채웠고, 주변은 어두워졌으며, 그는 눈을 뜨고 잠에서 깨었다. 사지는 후들거렸고, 온몸에서 식은땀이 났으며, 맥박은 불규칙하게 뛰었고, 얼굴은 눈물로 젖어 있었다.

아주 깜깜했다. 그는 어느 쪽으로 몸을 돌릴지 모른 채 문 쪽으로 시선을 던지고자 했다. 그는 비틀거리며 일어섰고, 엄청난 불안은 여전히 계속되었다. 바깥 숲은 부서지는 파도처럼 요란한 소리를 냈고, 바람은 작은 초소의 창문을 향해 우박과 비를 뿌렸다. 틸은 어찌할 바를 모르며 두 손으로 주변을 더듬거렸다. 틸은 한 순간 자신이 마치 물에 빠져 죽는 사람인 것처럼 여겨졌다. 그때 갑자기 푸르스름하게 반짝이며 불꽃이 일었는데, 그것은 천상의 불빛방울들이 어두운 대기권 속으로 내려앉아 곧장 그 속에서 익사해 버리는 듯 했다.

그 순간은 선로지기가 제정신을 차리도록 하기에 충분했다. 그는 손을 뻗어 다행히도 자신의 등을 붙잡을 수 있었고, 그 순간 멀리 외딴 밤하늘의 귀퉁이에서 천둥이 일어났다. 천둥은 둔탁하고 조심스럽게 울리면서 부서뜨리는 듯한 짧은 파동으로 점점 더 가까이 굴러오더니 마침내 엄청난 충격파로 커져서 전체 대기권을 덮치고, 진동시키고, 흔들리며, 소란스럽게 하면서 닥쳐왔다.

창유리들은 삐거덕거렸고, 땅은 흔들렸다.

틸은 불을 켰다. 그가 다시 정신을 차린 다음 처음 바라본 것은 시계였다. 그 순간은 급행열차의 도착이 채 5분도 남지 않은 시각이었다. 신호음을 듣지 못했다고 믿은 그는 폭풍과 어둠이 허용하는 한 최대한 빨리 차단기를 향해 달려갔다. 그가 차단기를 닫는 일에 몰두하고 있을 때 신호의 종소리가 울렸다. 바람이 신호 종소리를 갈기갈기 찢어 사방으로 흩뿌렸다. 소나무들은 휘어지고, 나뭇가지들은 서로 부딪혀 무시무시하게 삐걱거리고 날카로운 소리를 냈다. 한순간 연한 금빛 쟁반과도 같이 구름 사이에 떠 있는 달이 보였다. 달빛 속에서 바람이 소나무의 검게 드리워진 잎 속으로 파고 들어가는 것을 볼 수 있었다. 철둑 옆 자작나무에 매달린 잎사귀들은 섬뜩한 말꼬리와도 같이 바람에 흔들리며 퍼덕였다. 그 아래로 철도의 선로가 놓여 있었고, 그것은 빗물에 젖어 반짝이면서 여기저기 일그러져 있는 창백한 달빛을 빨아들이고 있었다.

틸은 머리에 쓴 모자를 벗었다. 비는 그를 기분 좋게 했고 눈물과 섞여 얼굴 위로 흘러내렸다. 그의 머릿속은 부글부글 끓어올랐다. 꿈속에서 보았던 것에 대한 흐릿한 기억들이 꼬리를 물고 이어졌다. 그에게는 토비아스가 누군가로부터 학대받는 듯 보였었는데, 너무도 끔찍스럽게 학대받았기에 아직도 그 생각에 심장이 멎는 것 같았다. 또 하나의 현상을 그는 더 분명하게 기억했다. 죽은 부인을 보았던 것이다. 그녀는 어딘가 멀리서 와서 한 선로 위에 서 있었다. 그녀는 무척 아픈 듯 보였으며, 옷 대신 누더기를 걸치고 있었다. 그녀는 틸의 작은 초소를 둘러보지도 않고 지나쳐 갔으며, 마침내 - 여기서 기억이 희미해졌는데 - 어떤 이유에서인지 그저 힘겹게 앞으로만 나아가다 여러 번 쓰러졌다.

틸은 계속해서 곰곰이 생각한 끝에 그녀가 도망치고 있었다는 것을 알았다. 그것은 전혀 의심의 여지가 없었다. 그렇지 않다면 그녀가 발이 말을 듣지 않는데도 불구하고 그런 근심에 가득 찬 눈길을 뒤로 보내면서 계속 몸을 질질 끌며 앞으로 나아갈 리가 없었던 것이다. 아, 그 끔찍한 눈길!

한편 그녀는 무언가를 들고 갔는데, 그것은 보자기에 휩싸인 축 늘어진, 피를 흘리는, 창백한 어떤 것이었으며, 그것을 내려다보는 그녀의 모습은 그에게 지난날의 장면들을 떠오르게 했다.

그는 남겨두고 갈 수밖에 없는 갓 태어난 아기를 심한 고통과 헤아릴 수 없는 괴로움의 표정으로 꼼짝하지 않고 바라보며 죽어 가는 여인을 상기했는데, 틸은 자신을 낳아준 아버지와 어머니가 있다는 사실을 잊을 수 없는 것처럼 그녀의 그 표정을 좀처럼 머릿속에서 지울 수 없었다.

그녀는 어디로 가는 것이었을까? 그는 그것을 알지 못했다. 그러나 그의 마음에 뚜렷하게 다가온 것은 그녀가 그에게 결별을 고했고, 그를 안중에 두지 않았으며, 폭풍우가 몰아치는 어두운 밤을 뚫고 몸을 질질 끌며 점점 더 멀리 갔다는 것이었다. 그는 "민나, 민나" 하며 그녀를 불렀고, 그러면서 잠에서 깼다.

거대한 괴물의 부릅뜬 눈과도 같이 동그랗고 붉은 두 개의 불빛이 어둠을 뚫고 들어왔다. 그 불빛 앞으로 핏빛의 광선이 내뻗쳤고, 그것은 빛 속에서 빗방울들을 핏방울들로 변화시켰다. 마치 하늘에서 피로 된 비가 내리는 듯했다.

틸은 두려움을 느꼈고, 기차가 가까이 다가오면 다가올수록 더 큰 공포가 밀려왔다. 그에게는 꿈과 현실이 하나로 융합되어 있었던 것이다. 그는 여전히 철길 위를 걷는 여자를 보고 있었으며, 그의 손은 돌진해오는 기차를 멈춰 세우려는 듯 탄약주머니를 찾았다. 다행히 한 발 늦었는데, 이미 틸의 눈앞이 불빛으로 어른거리더니 기차는 지나가 버렸다.

틸은 그날 밤 남은 시간을 근무하면서 거의 안정을 찾지 못했다. 그는 몹시 집에 가고 싶은 충동을 느꼈다. 어린 토비아스를 다시 보게 되기를 갈망했다. 마치 토비아스와 몇 년은 떨어져 있었던 것 같은 느낌이 들었다. 마침내 그는 점점 더해 가는 아이에 대한 걱정으로 여러 번 근무를 이탈하려고 했다.

동이 트기 시작하자 틸은 시간을 보내기 위해 자신의 선로 구간을 검사하기로 마음먹었다. 그는 왼손에는 막대기를, 오른손에는 긴 강철 스패너를 들고 철길 위를 걸어 칙칙한 잿빛 여명 속으로 들어갔다.

때때로 그는 스패너를 가지고 볼트를 꼭 조이거나 선로를 아래로 붙들어 매고 있는 둥근 쇠막대들 중 한 개를 두드렸다.

비와 바람은 멎었고, 갈라진 구름층 사이로 여기저기 푸르스름한 하늘 조각들이 보였다.

단단한 쇠 위에서 단조롭게 딱딱거리는 구두바닥이 내는 소리는 물방울이 떨어지는 나무들의 잠에 취한 듯한 소리와 연결되어 점차 틸을 진정시켰다.

새벽 6시에 그는 근무에서 풀려나 지체 없이 귀갓길에 올랐다.

무척 청명한 일요일 아침이었다.

구름은 조각나서 그 사이 지평선 뒤쪽으로 가라앉았다. 태양은 어마어마한 새빨간 보석과도 같이 반짝이면서 솟아올라 숲 위에 광활하게 밝은 빛을 쏟아 부었다.

광선다발은 눈부시게 강한 선들을 이뤄 뒤엉킨 나무둥치들 사이를 뚫고 들어갔는데, 한쪽에서는 섬세하게 짜인 레이스와도 같은 잎을 한 부드러운 양치식물들의 섬에 불꽃으로 입김을 내뿜고, 다른 한쪽에서는 숲 바닥의 은녹색 이끼들을 빨간 산호들로 변화시켰다.

나무꼭대기들과 둥치들과 풀잎들에서는 불타는 이슬이 흘러내렸다. 빛으로 된 대홍수가 밀려와 온 땅을 뒤덮는 것 같았다. 대기 중에는 신선함이 있었고, 그것은 가슴속으로 밀려들었으며, 틸의 이마 뒤에서도 밤의 영상들은 점차 희미해질 수밖에 없었다.

그리고 그가 방안으로 들어서서 전보다 더 붉은 뺨을 한 토비아스가 햇살이 비치는 침대에 누워있는 것을 본 순간 밤의 영상들은 완전히 사라졌다.

정말 괜찮았던가! 그날 하루가 지나는 동안 레네는 여러 번 틸에게서 무언가 이상한 점이 느껴진다고 믿었다. 교회 의자에 앉아서는 그가 성경책을 바라보는 대신 곁에 있는 그녀를 관찰했었고, 그런 다음 점심때에는 늘 하던 대로 토비아스가 거리로 데리고 나가게 되어 있던 어린 아기를 한 마디 말도 없이 토비아스의 팔에서 빼앗아 그녀의 무릎 위에 앉혀놓았었다. 그러나 그밖에는 조금도 별다른 점을 보이지 않았다.

하루 종일 눕지 못했던 틸은 다음 주에는 낮 근무가 있기에 저녁 9시쯤 일찍 침대로 기어 들어갔다. 그가 막 잠들려고 하는데, 부인이 내일 아침에 밭을 일궈 감자를 심기 위해 숲에 함께 가겠다고 알렸다.

틸은 깜짝 놀라 몸을 움츠렸고, 잠에서 완전히 깼지만 눈은 꼭 감고 있었다.

레네는 감자를 심어 수확을 하려면 지금이 바로 일할 때라고 말하고, 하루 종일 걸릴지도 모르니 아이들을 데리고 가야 된다고 덧붙였다. 선로지기는 알아들을 수 없는 말을 몇 마디 했고, 레네는 여전히 관심을 기울이지 않았다. 그녀는 그에게 등을 돌리고 기름등불 빛을 받으며 코르셋의 끈을 풀고 치마를 벗어 내리는 데 열중했다.

갑자기 그녀는 왜 그런지 자신도 모르게 몸을 휙 돌려 남편의 격앙되어 일그러진 흙빛 얼굴을 바라보았다. 그는 반쯤 몸을 일으켜 두 손을 침대 모서리에 얹은 채 불타는 눈으로 그녀를 응시했다.

"틸!"

부인은 반은 화가 나고 반은 깜짝 놀라서 외쳤고, 틸은 자기 이름을 부르는 소리를 들은 몽유병자처럼 몽환 속에서 깨어나 몇 마디 혼란스런 말을 더듬거리고는 침대에 다시 몸을 눕히고 이불을 귀 위에까지 끌어올렸다.

다음날 아침 잠자리에서 맨 먼저 일어난 사람은 레네였다. 그녀는 조용히 소리 내지 않고 야외나들이에 필요한 모든 것을 준비했다. 그녀는 작은 아이를 유모차에 앉힌 다음 토비아스를 깨워 옷을 입혔다. 토비아스는 어디에 가는지를 알고 당연히 미소를 지었다. 모든 것이 준비되고 식탁 위에 커피까지 마련된 다음 틸은 잠에서 깼다. 필요한 모든 준비가 다 된 것을 보고 그는 먼저 불쾌감을 느꼈다. 그는 거기에 대해 반박의 말을 하고 싶었지만 어떻게 시작해야 할지 알 수 없었다. 또한 레네가 납득할 만한 분명한 이유들을 어떻게 댄단 말인가?

점점 환하게 빛나는 아이의 얼굴이 점차 틸에게 영향을 미치기 시작했고, 그리하여 마침내 틸은 야외나들이가 아이에게 마련해준 기쁨을 지켜주기 위해 이의를 제기할 생각을 할 수 없게 되었다. 그럼에도 불구하고 틸은 숲속을 걷는 동안 불안에서 벗어날 수 없었다. 그는 유모차를 밀고 힘겹게 깊숙한 모래밭을 통과해 갔으며, 토비아스가 뜯어온 여러 가지 꽃들을 유모차 위에 놓았다.

아이는 유별나게 즐거워했다. 그는 플러시 천으로 만든 갈색 모자를 쓰고 양치식물들 사이를 이리저리 뛰어다니면서 그 위로 날아다니는 유리 같은 날개를 한 잠자리들을 서툰 동작으로 붙잡으려고 했다. 도착하자마자 레네는 밭을 살펴보았다. 그녀는 종자로 쓰기 위해 가져온 감자들이 담긴 자루를 키 작은 자작나무숲가에 던져놓고, 무릎을 구부리고 앉아 거친 손가락들 사이로 거무스름한 모래를 흘려보냈다.

틸은 긴장한 채 그녀를 바라보았다.

"자, 밭 어떻소?"

"슈프레 강 모퉁이 밭 못지않게 아주 좋아요!"

선로지기의 마음속에서 근심거리 하나가 떨어져 나갔다. 그는 그녀가 불만스러워 할까봐 걱정했었는데, 이제 안심이 되어 수염이 난 턱을 긁적였다.

레네는 급히 굵은 빵 쪼가리 한 개를 먹어치운 다음 숄과 재킷을 벗어 던지고 뚱뚱한 몸에도 재빠른 동작과 끈기로 땅을 파기 시작했다.

그녀는 일정한 시간간격으로 몸을 일으켜 깊은 심호흡을 했는데, 땀방울을 흘리고 가슴을 헐떡거려도 급히 젖을 먹여 아기를 달래야 될 경우가 아니면 심호흡은 순간에 그쳤다.

"선로를 순찰해야 하는데, 토비아스를 데리고 가겠소."

선로지기는 잠시 후 초소 앞 플랫폼 앞에서 그녀를 향해 외쳤다.

"아니, 뭐라고요. 안 돼요!"

그녀는 되받아 외쳤다.

"아기는 누가 돌보게요? 당신 이리 와요!"

그녀는 더 큰 소리로 덧붙였고, 선로지기는 그녀의 말을 듣지 못하기라도 한 듯 토비아스를 데리고 멀어져 갔다.

그녀는 처음에는 그를 뒤쫓아 가야만 하지 않을까 생각했지만 시간낭비로 여기고 단념하기로 했다. 틸은 토비아스를 데리고 철로를 따라 걸어갔다. 토비아스는 적잖이 흥분되어 있었는데, 그에게는 모든 것이 새롭고 낯설었던 것이다. 그는 햇볕을 받아 따사로워진 좁고 검은 선로가 무엇에 쓰이는 것인지 이해하지 못했다. 그는 끊임없이 온갖 이상한 질문들을 했다. 그에게는 무엇보다도 전신주들의 울림소리가 신기했다. 틸은 자신의 구역에 있는 전신주들 각각의 소리를 알고 있어 눈을 감고도 그 소리만으로 언제나 자신이 선로의 어느 부분에 서 있는지 알 수 있을 정도였다.

그는 나무기둥에서 교회당 안의 낭랑한 합창과도 같이 흘러나오는 멋진 울림소리에 귀를 기울이느라 토비아스의 손을 잡은 채 자주 멈춰 섰다. 담당구역의 남쪽 끝 전신주는 특별히 완벽하고 아름다운 화음을 띠었다. 그것은 전신주 속 소리들이 혼합된 것으로 끊김 없이 단숨에 고르게 이어져 울렸으며, 토비아스는 자신의 믿음대로 전신주 틈새를 통해 그 아름다운 소리의 근원을 찾아내기 위해 비바람에 손상된 나무기둥 둘레를 맴돌며 뛰었다. 선로지기는 마치 교회 안에 있는 것과도 같이 장엄한 기분이 들었다. 뿐만 아니라 그는 시간이 흐르면서 자신의 죽은 아내를 회상케 하는 목소리를 식별해냈다. 그는 그것이 죽은 영혼들의 합창으로서 그녀의 목소리 또한 그 속에 뒤섞여 있다는 상상을 했으며, 이러한 상상은 그의 마음속에서 그리움을 일깨우고, 그를 동요시켜 눈물까지 흘리게 했다.

토비아스는 옆쪽에 서 있는 꽃들을 따길 원했고, 틸은 늘 그랬듯 그렇게 하도록 했다.

파란 하늘의 조각들이 내려앉아 숲의 땅바닥을 비추었는데, 땅 위에는 조그만 파란 꽃들이 놀랄 만큼 아주 빽빽하게 서 있었다. 울긋불긋한 깃발들 같이 나비들이 하얗게 반짝이는 나무둥치들 사이로 소리 없이 나풀거리며 날아다니는 가운데, 자작나무 꼭대기의 연녹색 잎사귀들 사이에서는 부드러운 이슬방울이 떨어졌다.

토비아스는 꽃들을 땄고, 아버지는 깊은 생각에 잠겨 그를 바라보았다. 이따금 토비아스의 시선도 위를 향했고, 잎사귀들의 틈새를 통해 흠 없는 거대한 푸른 수정쟁반 같은, 금빛 햇살을 머금고 있는 하늘을 찾았다.

"아빠, 저게 사랑하는 하느님이지?"

갑자기 아이는 외딴 소나무둥치로 날카로운 소리를 지르며 휙 올라가 버리는 갈색 새끼다람쥐를 가리키며 물었다.

"멍청한 녀석."

틸은 다람쥐가 뜯어낸 나무껍질이 나무둥치를 타고 내려와 자신의 발 앞에 떨어지자 이렇게 대답할 뿐이었다.

어머니는 틸과 토비아스가 돌아왔을 때도 여전히 땅을 파고 있었다. 밭의 절반은 이미 파 놓은 상태였다.

짧은 간격을 두고 기차가 연달아 왔는데, 토비아스는 매번 입을 딱 벌린 채 기차가 난폭하게 지나치는 것을 바라보았다.

어머니는 아이의 우스꽝스런 찡그린 얼굴에 재미있어 했다.

그들은 초소 안에서 감자와 차가운 돼지고기구이 남은 것으로 점심식사를 했다. 레네는 자리를 정돈했고, 틸도 피할 수 없는 운명에 공손하게 순응하려는 듯 보였다. 그는 식사 중에 자신의 직업과 관련된 갖가지 얘기들로 레네를 즐겁게 해주었다. 그는 그녀에게 레일 한 개에 마흔 여섯 개의 못이 박혀 있다는 것을 알고 있는지를 물었고, 그밖에도 많은 질문들을 했다.

오전에 레네는 땅 파는 일을 끝냈으며, 오후에는 감자를 심어야 했다. 그녀는 이제 토비아스가 아기를 봐야 한다고 주장하고 토비아스를 데리고 갔다.

"조심해야 하는데…."

틸은 돌연한 걱정에 사로잡혀 그녀를 향해 외쳤다.

"그 애가 선로에 너무 가까이 가지 않도록 조심하오."

레네의 어깨가 들썩인 것이 대답이었다.

슐레지아 급행열차가 신호를 보내왔고, 틸은 임무에 나서야 했다. 그가 근무준비를 마치고 차단기 옆에 서자마자 이미 기차가 다가오는 소리가 들렸다.

기차가 눈에 들어왔고, 점점 더 가까이 다가왔으며, 검은 기관실 연통으로부터 쉴 새 없이 급박하게 박동하며 증기가 뿜어 나왔다. 하나, 둘, 세 개의 우윳빛 증기줄기가 양초처럼 곧게 솟구쳐 올랐고, 그런 다음 곧장 기관차의 기적소리가 대기에 울려와 퍼졌다. 기적은 짧고, 쩌렁쩌렁하고, 위협적으로 연거푸 세 번 울렸다. 기차에 제동을 건다고 생각한 틸은 왜 그럴까 의아해 했다. 그리고 다시 비상기적이 절규하듯 메아리를 일으키며 울렸는데, 이번에는 끊김 없이 길게 이어졌다.

틸은 선로구간을 조망해 볼 수 있도록 앞으로 나아갔다. 그는 기계적으로 주머니에서 붉은 깃발을 꺼내 곧바로 앞쪽 선로 위로 내밀었다. 에구머니, 저 사람 눈이 멀었나? 에구머니, 아이고, 아이고, 에구머니! 저게 뭐야? 저기! 저기 선로 사이에……

"멈춰!"

선로지기는 있는 힘을 다해 외쳤다. 그러나 너무 늦었다. 무언가 검은 덩어리가 기차 밑으로 빨려 들어가 바퀴 사이에서 고무공처럼 이리저리 내던져졌다. 잠시 동안 그러다가 삐거덕거리며 끽 하는 제동음이 들렸다. 기차는 멈췄다.

쓸쓸하게 서 있는 선로가 진동했다. 여객전무와 차장이 자갈 위를 지나 기차의 끝으로 달려갔다. 무슨 일인지 궁금해 하는 얼굴들이 모든 창문들을 통해 내다보았고, 이제 차장 등은 한데 엉켜 앞쪽으로 나갔다.

틸은 숨을 헐떡였다. 그는 도살당하는 황소처럼 쓰러지지 않기 위해 몸을 가누어야만 했다. 정말 사고였고, 사람들은 그에게 손짓한다.

"이럴 수가!"

사고지점에서 비명소리가 대기를 갈라놓으며, 짐승의 목구멍에서 나오는 듯한 울부짖음이 이어진다. 누구일까?! 레네일까?! 그녀의 목소리는 아닌데, 그렇다면······.

한 남자가 급히 선로 위로 달려온다.

"선로지기 양반!"

"무슨 일이오?"

"사고요!"

전령은 선로지기의 눈빛이 이상하여 몸을 움찔한다. 모자는 기울어져 있고, 붉은 머리털은 곤추서 있는 듯하다.

"그 애는 아직 살아 있으니 아마 빨리 도우면 될 듯하오."

색색거리는 숨소리가 틸의 유일한 응답이다.

"빨리 갑시다, 빨리요!"

틸은 죽도록 긴장하여 가슴이 찢어진다. 축 늘어진 근육은 팽팽해지고, 그는 몸을 곧추세우며, 얼굴은 멍청하게 사색이 되어 있다.

그는 전령과 함께 달려가며, 차창 안 승객들의 창백하고 놀란 얼굴들은 보지도 않는다. 한 젊은 여자, 터키모를 쓴 한 출장 여행자, 신혼여행 중인 것으로 보이는 한 쌍의 부부가 차창 밖으로 내다본다. 그게 그와 무슨 상관이 있단 말인가? 그는 사람들의 야단법석을 떠는 소리에 관심을 둘 수 없었는데, 그의 귓속은 온통 레네의 울부짖음으로 가득 찼던 것이다. 눈앞에는 개똥벌레와도 같이 노란 점들이 서로 뒤엉켜 무수히 어른거린다. 그는 흠칫하며 멈춰 선다. 춤추는 개똥벌레들 속에서 창백하고 축 늘어진 피투성이의 모습이 나타난다. 이마는 이리저리 부딪혀 갈색과 청색으로 멍들고, 파란 입술에서는 검은 핏방울이 떨어진다. 그것은 그 아이다.

틸은 아무 말도 하지 않는다. 그의 얼굴은 추하게 창백한 기색을 띤다. 그는 정신이 나간 듯 미소 짓는다. 마침내 그는 몸을 굽히고, 축 늘어진 죽은 사지를 힘겹게 두 팔로 끌어안으며, 붉은 깃발은 그를 휘감는다.

그는 걸어간다.

어디로?

"철도의사에게, 철도의사에게."

목소리들이 뒤엉켜 울린다.

"곧 그를 데리고 갈 겁니다."

수화물책임자가 이렇게 외치고, 자신의 차량 안에 근무복과 책들로 누울 자리를 마련한다.

"이제 됐지?"

틸은 사고를 당한 아이를 놓아주려 하지 않는다. 사람들이 그에게 재촉한다. 헛일이다. 수화물책임자가 화물칸에서 들것을 내려 보내고 한 남자에게 아이 아버지를 도와줄 것을 지시한다.

시간은 급박하다. 역객전무가 호각을 분다. 창문들에서 동전들이 떨어져 내린다.

레네는 미쳐버린 듯이 행동한다.

"불쌍한, 너무도 불쌍한 여자로군. 불쌍한, 너무도 불쌍한 엄마야."

객실에서 사람들이 말한다.

여객전무는 다시 한 번 호각을 불고, 기차는 실린더들로부터 쉬쉬 소리를 내는 하얀 증기를 내뿜으며 강철 바퀴 축을 내뻗는다. 몇 초 후면 급행열차는 길게 뻗은 연기를 나부끼며 갑절의 속도로 숲을 뚫고 달리게 된다.

정신을 차린 선로지기는 반죽음 상태의 아이를 들것 위에 눕힌다. 거기에서 아이는 엉망진창이 되어 누워 있으며, 이따금 그르렁거리며 긴 호흡을 하는 동안 찢어진 셔츠 아래로 보이는 부러진 갈비뼈가 들썩인다. 조그만 팔과 다리는 관절이 부러졌을 뿐만 아니라 지극히 기형적인 자세를 취하고 있다. 작은 발의 뒤꿈치는 앞쪽으로 뒤틀려 있다. 두 팔은 들것 가장자리로 뻗쳐 나와 헐렁하게 흔들리고 있다.

레네는 계속해서 흐느끼는데, 이전의 고집불통의 흔적은 그녀에게서 깡그리 사라졌다. 그녀는 계속하여 자신은 그 사고의 모든 책임으로부터 결백하다고 반복해서 이야기한다.

틸은 그녀에게 주의를 기울이지 않는 듯한데, 그의 두 눈은 끔찍이도 불안한 기색으로 아이에게 고정되어 있다.

주위는 쥐 죽은 듯 조용해졌고, 뜨거워진 검은 선로는 반짝이는 자갈 위에서 쉬고 있다. 한낮은 바람을 잠재웠고, 숲은 마치 돌로 된 듯 움직이지 않고 서 있다.

사람들이 조용히 상의한다. 프리트리히스하겐에 가장 빨리 가기 위해서는 거꾸로 브레슬라우 쪽에 있는 역으로 가야만 하는데, 그 역은 바로 다음 열차인, 가속하여 달리게 될 보통열차가 정차하는 프리트리히스하겐에 가장 가까운 역이기 때문이다.

틸은 자신도 함께 갈 것인지 곰곰이 생각하는 듯하다. 당장 근무를 대신할 수 있는 사람이 아무도 없다. 그의 말없는 손짓이 부인에게 들것을 들라고 명하며, 그녀는 남아 있게 될 젖먹이가 걱정이 되면서도 감히 거역하지 못한다. 그녀와 낯선 남자는 들것을 옮긴다. 틸은 자신의 담당구역 경계까지 기차를 따라간 다음 멈춰 서서 오랫동안 그것을 바라본다. 갑자기 그는 손바닥으로 이마를 치고, 그 소리는 멀리 울려 퍼진다.

그는 잠에서 깨어나고 있다고 여기며 혼잣말을 한다. 헛되이.

"어제와 같은 꿈일 거야."

그는 달린다기보다는 비틀거리면서 초소에 도착했다. 그는 초소 안에서 얼굴을 처박고 땅바닥에 쓰러졌다. 모자는 구석으로 굴러갔고, 지극히도 소중하게 간수해 온 시계는 주머니에서 떨어져 나와 상자로 튀어 나가고 유리가 깨졌다. 그는 마치 강철로 된 주먹이 자신의 목덜미를 너무나 단단히 움켜잡고 있는 것처럼 끙끙거리고 신음하면서 벗어나려고 했지만 움직일 수가 없었다. 그의 이마는 차가웠고, 눈은 메말랐으며, 목구멍은 불탔다.

신호종소리가 그를 깨웠다. 반복하여 울리는 세 번의 종소리에 영향 받아 발작은 가라앉았다. 틸은 일어나서 근무에 임할 수 있었다. 그러나 그의 두 발은 납덩이처럼 무거웠고, 자신의 머리를 축으로 한 어마어마한 수레바퀴의 살과도 같이 선로가 그를 에워쌌다. 하지만 그는 적어도 얼마 동안 꼿꼿이 서 있을 수 있을 정도의 힘만은 있었다.

보통열차가 다가왔다. 그 안에는 틀림없이 토비아스가 있을 것이었다. 열차가 가까이 다가오면 다가올수록 환영들이 틸의 눈앞에서 흐릿해졌다. 마침내 그는 입에서 피를 흘리는 산산조각 난 아이의 모습만을 떠올리게 되었다. 그러고는 밤이 되었다.

얼마쯤 후에 그는 제정신을 차렸다. 그는 자신이 차단기 바로 옆

뜨거운 모래밭에 누워 있다는 것을 알았다. 그는 일어서서 옷에서 모래를 흔들어 털어 내고 입 속의 모래를 뱉었다. 그의 머리는 좀 더 맑아졌고, 좀 더 차분하게 생각할 수 있게 되었다.

초소 안에서 즉시 바닥에 떨어진 시계를 주워 올려 책상 위에 올려놓았다. 시계는 떨어졌는데도 멈춰 서 있지 않았다. 그는 두 시간 동안 토비아스가 그 사이 어떻게 되었을지 상상하면서 시시각각을 헤아렸다. 지금 레네가 그 애를 데리고 도착했다. 지금 그녀는 의사 앞에 섰다. 의사는 아이를 관찰하고 만져보고 머리를 저었다.

"심각한, 매우 심각한 상태로군요. 하지만 혹시라도…… 알 수 없지요."

의사는 좀 더 자세히 진찰했다. 그러고 나서 그는 말했다.

"아니, 끝났어요."

"끝나, 끝났다고."

선로지기는 신음하듯 말하고는 벌떡 일어나서 빙빙 도는 눈으로 천장을 응시하고, 들어올린 두 손을 자신도 모르게 움켜쥐면서 그 좁은 공간이 무너져 내릴 듯한 목소리로 외쳤다.

"그 애는 반드시, 반드시 살아야 해. 당신 말이야, 그 애는 반드시, 반드시 살아야 해."

그리고 그는 다시 한 번 작은 초소의 문을 발로 차 열어젖히고는 걷는다기보다는 달려서 차단기 쪽으로 돌아갔는데, 열린 문을 통해서는 붉은 저녁노을이 방안으로 밀려들었다. 그는 잠시 당황한 듯 차단기 앞에 서 있다가 갑자기 두 팔을 벌리고 철둑 한가운데까지 걸어 들어갔는데, 마치 보통열차가 지나간 방향에서 오는 무언가를 저지하려는 것처럼 보였다. 그때 그의 크게 뜬 두 눈은 닥치는 대로 무분별한 행동을 할 듯한 인상을 풍겼다.

그는 뒷걸음질 치면서 무언가를 피하려는 듯한 가운데 계속하여 반쯤은 알아들을 수 없는 말을 내뱉었다.

"당신, 듣고 있지, 멈춰, 당신, 잘 들어, 멈춰, 그 애를 내놔, 그 애는 죽도록 두들겨 맞았어, 그래, 그래, 좋아, 난 그 여자를 역시 죽도록 두들겨 패 주겠어, 당신 듣고 있소? 멈춰, 그 애를 내게 돌려 줘."

무언가가 그의 옆을 지나쳐가고 있는 듯 했는데, 그것은 그가 몸을 돌려 그 무언가를 뒤쫓으려는 듯 반대방향으로 나아갔기 때문이다.

"당신, 민나."

그의 목소리는 어린 아이의 그것과 같이 울먹였다.

"당신, 민나, 듣고 있소? 그 애를 돌려 줘…… 나는……."

그는 누군가를 붙잡으려는 듯 허공을 더듬었다.

"그 여편네, 그래, 이제 난 그 여자를…… 이제 나도 그 여자를 두들겨 패 줄 거야, 죽도록 마구, 두들겨 패 주겠어, 또한 손도끼로…… 당신 알지? 부엌용 손도끼, 난 그 부엌용 손도끼로 그 여자를 내려칠 거고, 그러면 그 여자는 쓰러져 죽을 거야. 이제…… 그래 손도끼로-부얼용 손도끼, 검은 피!"

그의 입에서는 거품이 일었고, 유리 같은 눈알은 끝없이 움직였다.

부드러운 저녁안개가 계속하여 살포시 숲 위로 퍼져나갔고, 저녁 노을에 장밋빛으로 불타는 구름덩이가 서쪽 하늘 위에 걸려 있었다.

그는 백 발짝쯤 그 보이지 않는 무언가를 뒤쫓아 가다가 겁을 먹은 듯 멈춰 서서 끔찍하게 두려운 표정으로 간청하고 맹세하면서 두 팔을 뻗었다. 그는 다시 한 번 먼 곳에 있는 그 보이지 않는 것을 찾아내려는 듯 눈을 곤두세우고 손을 가져다 댔다. 마침내 손은 내려왔고, 얼굴의 긴장된 표정은 무뚝뚝한 무표정으로 변했으며, 그는 돌아서서 몸을 질질 끌며 왔던 길을 돌아갔다.

태양은 마지막 햇살을 숲 위에 쏟아 붓고 나서 사라져버렸다. 소나무들의 둥치들은 그 위를 흑회색 곰팡이덩이와 같이 내리누르고 있는 우듬지들 사이로 퇴색한 썩은 뼈처럼 뻗어 있었다. 딱따구리 한 마리의 나무 쪼는 소리가 정적을 꿰뚫었다. 늦은 저녁 차가운 회청색 하늘 사이로 한 덩이의 장밋빛 구름이 흘러갔다. 바람결은 꽤 차가워 선로지기를 추위에 떨게 했다. 그에게는 모든 것이 새로웠고, 모든 것이 낯설었다. 그는 뭐가 뭔지, 자신이 어디를 걷고 있는지, 혹은 자신의 주변에 무엇이 있는지 알지 못했다. 그때 다람쥐 한 마리가 선로를 휙 스쳐 건너갔고, 틸은 깊은 생각에 잠겼다. 그는 왜 그런지도 모른 채 사랑하는 하느님을 생각하지 않을 수 없었다.

"사랑하는 하느님이 길을 건너 뛰어가네. 사랑하는 하느님이 길을 건너 뛰어가네."

그는 이 문장과 연관된 무언가를 떠올리려는 듯 여러 번 반복해서 말했다. 그는 말을 중단했고, 뇌리 속에 한 줄기 빛이 흘러들었다.

"하지만 이런, 이건 망상이야."

그는 모든 것을 잊고 이 새로운 적에게서 등을 돌렸다. 그는 생각을 정돈하려고 했으나 헛된 일이었으니! 생각은 끊임없이 얽히고 휘어졌다. 그는 너무나도 엉뚱한 상상들을 하기 시작했고, 자신의 무력함을 깨닫고는 온몸을 부르르 떨었다.

가까운 자작나무숲에서 아이의 외침소리가 들려왔다. 그것은 그가 미쳐가고 있다는 신호였다. 그는 거의 자신의 의지와는 반대로 그곳으로 서둘러 달려갈 수밖에 없었고, 아무도 돌보는 이 없이 울고 발버둥치면서 객차 안에서 이불도 덮지 않고 누워 있는 그 어린애를 발견했다. 그는 무슨 일을 할 생각이었나? 무엇이 그를 여기로 내몰았나? 온갖 감정과 생각으로 소용돌이치는 물결이 이 의문들을 삼켜버렸다.

"사랑하는 하느님이 길을 건너 뛰어가네."

이제 그는 이것이 뜻하고자 했던 것이 무엇이었는지 알게 되었다.

"토비아스."

그녀가 그를 죽였다. 레네가…… 그 애는 그녀에게 맡겨졌었다.

"계모, 무자비한 애미."

그는 이를 갈았다.

"그런데 그년의 아이는 살아있지."

붉은 안개가 그의 감각을 흐릿하게 했고, 아이의 두 눈이 안개 속을 파고들었다. 그는 손가락 사이에서 무언가 연한 살덩이 같은 것을 느꼈다. 고롱고롱 울리는 피리 부는 듯한 악기 소리가 누가 내는지 알 수 없는 목쉰 외침소리와 혼합되어 그의 귓전을 때렸다.

그때 뜨거운 봉랍 방울과도 같은 어떤 것이 그의 뇌리 속으로 떨어졌고, 그는 정신이 마비된 것 같은 상태가 되었다. 제정신이 들면서 그는 신호종의 메아리가 대기를 뚫고 울리는 소리를 들었다.

갑자기 그는 자신이 무슨 짓을 하려고 했는지 깨달았고, 움켜잡고 있던 아이의 목에서 손을 풀었다. 아이는 숨을 쉬려고 발버둥친 다음 기침을 하고 울부짖기 시작했다.

"아이가 살았어! 다행히도 아이가 살았어!"

그는 아이를 눕히고 서둘러 건널목으로 달려갔다. 검은 연기가 멀리서부터 선로 위로 굴러왔고, 바람이 그것을 땅바닥으로 내몰았다. 그는 뒤에서 기관차의 헐떡거리는 소리를 들었는데, 그것은 병든 거인이 간헐적으로 내는 고통에 찬 숨소리처럼 울렸다.

주변에는 차가운 황혼빛이 내려앉았다.

잠시 후 먼지구름이 흩어졌을 때 틸은 그것이 빈 화차들을 달고 가

서 하루 종일 선로작업을 한 인부들을 싣고 오는 자갈열차임을 알아
차렸다.

그 열차는 충분한 운행시간이 있었고, 이곳저곳에서 작업을 한 인
부들을 태우거나 반대로 내려주기 위해 도처에서 정차할 수 있었다.
틸의 초소에 이르기 한참 전에 열차는 제동을 걸기 시작했다. 끼익,
덜커덩, 딸깍, 삐거덕거리는 시끄러운 소리가 멀리 저녁의 적막 속으
로 뚫고 들어왔고, 마침내 열차는 한 번 길게 늘어져 울리는 날카로
운 소리를 내며 멈춰 섰다.

50명가량의 남녀 인부들이 화차에 나눠 타고 있었다. 거의 모두가
똑바로 서 있었고, 남자들 중 몇은 모자를 쓰고 있지 않았다. 그들 모
두의 마음속에는 알 수 없는 장엄함이 자리하고 있었다. 그들이 선로
지기를 알아보자 그들 사이에서 귓속말이 오갔다. 나이든 사람들은
누런 이 사이로 담뱃대를 내밀고는 그것을 정중하게 두 손으로 붙잡
았다. 여자들은 여기저기서 코를 푸느라 몸을 돌렸다. 차장이 선로로
내려서서 틸에게 다가갔다. 인부들은 차장이 틸에게 격식을 차려 손
을 흔들고, 그에 따라 틸이 천천히, 거의 군인처럼 뻣뻣한 걸음걸이
로 맨 마지막 차량 쪽으로 걸어가는 것을 보았다.

인부들은 모두가 그를 알고 있었지만 아무도 감히 그에게 말을 걸
지 못했다.

사람들이 마지막 차량에서 막 어린 토비아스를 들어올렸다.

그는 죽어 있었다.

레네가 그 아이를 뒤따랐는데, 그녀의 얼굴은 하얗게 질려 있었고, 눈 주위로 갈색의 원이 생겨 있었다.

틸은 그녀에게 눈도 돌리지 않았으나 그녀는 남편의 모습을 보고 깜짝 놀랐다. 그의 뺨은 움푹 들어가 있었고, 속눈썹과 턱수염은 척 달라붙어 있었으며, 가르마를 탄 머리털은 전보다 더 희어져 있는 듯 보였다. 그의 얼굴 곳곳에는 마른 눈물자국이 있었고, 두 눈 속에는 불안스런 빛이 서려 있었다. 그 눈앞에서 그녀는 공포에 사로잡혔다.

사람들은 시신을 옮길 수 있도록 다시 들것을 가져왔다.

잠시 동안 무시무시한 정적이 지배했다. 틸은 깊고 끔찍스런 명상에 사로잡혔다. 날은 더 어두워졌다. 한 무리의 노루가 옆에서 철둑으로 뛰어올랐다. 수노루가 선로 사이 한가운데에 멈춰 섰다. 그것은 호기심에 차서 유연한 목을 이리저리 내둘렀고, 기차가 기적을 울리자 무리와 함께 재빨리 사라졌다.

기차가 움직이려는 순간 틸이 쓰러졌다.

기차는 다시 멈췄고, 어떻게 해야 할지에 대해 상의가 이루어졌다. 사람들은 아이의 시신은 우선 초소에 안치해 두고, 도저히 다시 의식을 되돌릴 수 없는 선로지기를 들것에 태워 집으로 데려가기로 결정했다.

그러고는 그렇게 행해졌다. 두 남자가 무의식 상태의 선로지기를 태운 들것을 들고 갔고, 레네가 뒤따랐는데, 그녀는 계속 흐느끼면서 눈물로 범벅이 된 얼굴을 한 채 모랫길을 지나 막내 아기가 탄 유모차를 밀었다.

숲속 소나무 숲 사이에는 달이 자색빛을 내는 거대한 공과 같이 떠 있었다. 그것은 높이 솟아오를수록 더 작아지는 듯했고, 더 창백해졌다. 마침내 달은 전등과 흡사하게 숲 위에 걸려 있게 되었고, 늘어진 나무 꼭대기들의 모든 틈새를 통해 희미한 빛을 내비침으로써 그곳을 걸어가는 사람들의 얼굴을 시체처럼 보이게 했다.

힘차게, 그러나 조심스레 사람들은 앞으로 걸어 나갔다. 그들은 빽빽하게 몰려 있는 어린 나무들을 통과해 다시 높은 숲으로 둘러싸인 넓은 유목보호구역을 따라갔는데, 창백한 달빛은 커다란 검은 대야와도 같은 그곳으로 한데 몰려들었다.

의식을 잃은 선로지기는 이따금 숨을 쌕쌕거리거나 헛소리를 하기 시작했다. 그는 여러 번 주먹을 움켜쥐었고 눈을 감은 채 몸을 일으키려고 했다.

그를 데리고 슈프레 강을 건너는 일은 힘이 들었다. 사람들은 부인과 아기를 따로 데려오느라 강을 두 번 건너야 했다.

사람들이 마을의 작은 언덕을 올랐을 때 몇 사람의 주민과 마주쳤는데, 그들은 즉시 그 불행한 사고 소식을 마을에 퍼뜨렸다.

온 마을이 들고 일어났다.

레네는 아는 사람들 앞에서 다시 탄식을 터뜨렸다.

사람들은 좁은 언덕길을 힘겹게 올라 환자 틸을 집으로 옮겨 즉시 침대에 눕혔다. 인부들은 토비아스의 시신을 옮겨오기 위해 곧바로 돌아갔다.

경험 있는 노인들이 냉찜질을 권했고, 레네는 정성을 다해 세심하게 그들의 지시에 따랐다. 그녀는 수건을 차가운 샘물에 넣었고, 의식 잃은 그의 불타는 이마에 올린 후 그것들이 뜨거워지자마자 다시 샘물에 넣었다. 그녀는 불안해하며 환자의 호흡 상태를 지켜보았는데, 그것은 점차 고른 상태가 되어 가는 듯했다.

그날의 소동이 그녀를 무척 지치게 하여 그녀는 잠시 잠을 자려고 마음먹었지만 안정이 되지 않았다. 그녀가 눈을 뜨건 감건 관계없이 과거의 사건들이 쉬지 않고 스쳐지나갔다. 어린 아기는 잠이 들었고, 그녀는 지금까지의 습관과는 반대로 아기에게 거의 관심을 두지 않았다. 그녀는 완전히 다른 여자가 되어 버렸다. 지난날 고집불통의 흔적은 어디에도 없었다. 땀으로 번득이는 파리한 얼굴의 이 병든 남자가 이제 어렵지 않게 그녀를 지배하게 된 것이다.

구름덩이가 둥근 달을 가렸고, 방안은 어두워졌으며, 레네는 여전히 남편의 힘겹지만 고른 호흡소리만을 듣고 있었다. 그녀는 불을 켜야 하지 않을까 생각했다. 어둠 속에서 그녀는 무서운 생각이 들었다. 그녀는 일어서려고 했지만 사지가 납덩이처럼 무겁고, 눈이 저절로 감겨 그대로 잠들어 버렸다.

몇 시간이 흐른 후 사람들이 아이의 사체를 들고 돌아왔을 때 그들은 대문이 활짝 열려 있는 것을 보았다. 그들은 깜짝 놀라 계단을 타고 올라가 위층 거실로 들어갔는데, 그곳의 문 또한 활짝 열려 있었다.

그들은 여러 차례 부인의 이름을 불렀지만 대답을 듣지 못했다. 마침내 그들은 벽에 있는 성냥으로 불을 켰고, 번쩍하는 불빛이 끔찍스런 파괴의 모습을 드러내 주었다.

"살인이다! 살인!"

레네가 피투성이로 누워 있었는데, 두개골이 파괴되어 얼굴은 알아볼 수 없을 정도였다.

"그가 자기 부인을 살해했어, 그가 자기 부인을 살해했어!"

그들은 정신없이 이리저리 헤매고 다녔다. 이웃사람들이 왔고, 한 사람이 요람을 밀쳤다.

"이럴 수가!"

그리고 그는 창백하게 질린 채 놀라 얼어붙은 시선으로 뒤로 물러섰다. 거기에는 아기가 목이 잘린 채 누워 있었다.

선로지기는 사라지고 없었고, 사람들이 그날 밤 동안 벌인 수색작업은 성과가 없었다. 다음날 아침에 근무 중이었던 또 다른 선로지기는 토비아스가 열차에 치였던 선로에 앉아 있는 틸을 발견했다.

그는 그 갈색의 조그만 모피 모자를 끌어안고 마치 살아있는 어떤 것인 양 끊임없이 그것을 어루만졌다.

동료 선로지기는 그에게 몇 가지 질문을 던졌으나 아무런 대답도 듣지 못했고, 곧장 그가 미친 사람과 다름없는 상태라는 것을 알아차렸다.

안전장치 옆에 있던 선로지기는 그러한 사실을 알고 전신으로 도움을 요청했다.

이제 여러 사람들이 좋은 말로 설득하여 그를 선로에서 비켜나게 하려고 시도했으나 허사였다.

바로 그 시각에 통과하는 급행열차는 멈춰서야 했고, 열차 승무원의 막강한 힘은 곧 무섭게 미쳐 날뛰기 시작한 그 병든 자를 강제로 선로에서 밀쳐냈다.

사람들은 그의 손과 발을 묶어야 했고, 그 사이 요청을 받고 온 경찰관이 베를린 미결감방으로 이송되는 그를 감시했는데, 그는 거기에 도착한 당일 곧장 자선병원의 정신병동으로 옮겨졌다. 그는 옮겨지는 동안에도 여전히 그 조그만 갈색 모자를 두 손에 쥐고 더할 나위 없이 애정 어린 마음으로 세심하게 그것을 보듬었다.

옮긴이의 말

이 책에는 독일의 노벨문학상 수상 작가인 게르하르트 하우프트만의 『조아나의 이단자』와 『선로지기 틸』 두 편의 노벨레가 수록되어 있다.

『조아나의 이단자』는 1911년에 쓰기 시작하여 중단한 후 1917년에 완성한 노벨레로, 1918년 문학잡지 《노이에 룬트샤우》에 발표되었다. 1911년에 처음 쓸 때는 이교와 기독교 사이의 종교 갈등, 즉 남근과 십자가 간의 경쟁을 내용으로 했지만, 나중에 완성된 틀소설에서는 몬테 게네로조의 산 속 오두막에 살며 주민들로부터 '이단자'로 불리는 목자 루도비코가 이 작품을 펴낸이에게 자신이 쓴, 이전에 신부였던 프란체스코에 대한 이야기를 읽어주는 내용으로 바뀌었다.

『조아나의 이단자』는 독일 자연주의문학의 중심인물이었던 하우프트만의 가장 성공적인 산문작품으로 인정받는다. 이 작품은 1918

년에 초판이 나온 후 6년 동안 14만 1천부가 판매되고, 1945년까지 27년 동안 무려 100판이 출판됨으로써 두 차례 세계대전으로 인한 혼란과 궁핍의 시대에 독자층이 빈약했음에도 불구하고 독자 대중의 선풍적인 인기를 누렸음을 증명하고 있다. 특히 섬세하고 관능적인 성애 묘사는 이 작품을 에로문학의 범주로 끌어들이기도 한다.

옮긴이는 이 작품을 통해 작가 하우프트만을 새롭게 다시 보게 되었다. 우선 함부로 접근하기 어려운, 성직자가 파문에 이르기까지 일탈을 손에 넣어 과감하게 파고든 용기가 가상했으며, 신앙의 세계와 세속, 정신과 감각, 현실과 신화 등 양립할 수 없는 요소들을 어느 한쪽으로의 치우침 없이 각각의 가치를 존중하고 수용한 균형감이 돋보였고, 복합적 내면심리와 그것의 결과를 치밀하고 유려하게 그려 나가면서 공감 영역을 최대화하여 깔끔하게 마무리한 작가적 수완이 탁월했기 때문이다.

결혼과 순결에 있어 특별히 엄격한 가톨릭교의 신부가 알프스 고산목장에 은거하는 남매의 근친상간으로 태어난 딸을 사랑하게 되는 과정과 결과를 그린 이 작품은 소재의 희귀성만으로도 주목을 끌만하다. 작가 하우프트만이 이런 극단적 소재와 내용을 취한 데에는 육체와 성애에 대해 지나치게 적대적인 가톨릭교의 경직성과 완고함에 대한 비판적 시각이 바탕을 이루고 있다고 볼 수 있다. 작가는 신부와 소녀가 합일을 통해 새로운 창조적 세계의 중심으로 들어섰다고 표현하고 있다. 신부가 하느님을 버리면서까지 이룬 소녀와의 결합이야말로 모든 것을 뛰어넘는 창조적 사랑의 구현이며, 그럼으로써 말이 아닌 행동으로 저주받고 버림받은 삶에서 소녀를 진정으로 구원한 성직자의 역할을 다한 것으로 이해된다. 궁극적으로 작품은 성직자가 신과 인간 중 어느 쪽에 더 가까이 서야 하는지에 대한 쉽게 풀기 어려운 질문을 던지고 있다. 신부와 소녀와의 사랑이 낳은 깊은 산 속에서 염소치기 목자로 사는 둘만의 은둔적 삶이 비루하기보다는 순수하고 고상하게 보이는 것은 옮긴이만의 느낌일까?

1차 세계대전 발발 5년째에 발표된 이 작품은 자연, 사랑, 신화라는 테마를 통해 전쟁의 공포에 대한 대안을 제시했다. 자연이나 사랑을 통한 시간초월성의 체험은 사람을 문명의 시간에서 끌어내 신화 속으로 이끌었다. 비평가 만프레트 슈니히트는 하우프트만이 이 작품을 통해 대립을 주관적이고 유토피아적으로 중재하는 신비적이며 원초적인 세계인 '제2의 현실'을 개척했다고 평가한다. 신화와 현실을 한꺼번에 바라보는 것, 즉 신화적 형식과 자연주의적 형식의 특별한 병립은 이 작품의 매력과 문학적 가치를 높이고 있다.

좁은 성직의 세계를 떠나 자연과 사랑에서 시간의 초월을 체험하는 것은 신부 프란체스코가 문명의 시간을 벗어나 신화 속으로 들어가는 출발점이 된다. 그는 매혹적인 자연을 접하면서 내면에서 열정적인 사랑이 싹트는 것을 체험한다. 또한 그는 야성적인 자연 그대로의 아이이자 근친상간으로 추방당한 고산지대 목자의 딸인 아가타에 대한 사랑을 통해 새로운 인간이 된다. 감정과 체험이 신화적 원형 속으로 흘러들어간 그는 낙원에서 지은 원죄에서 벗어나 아담과 이브를 통해 인간이 된다. 프란체스코와 아가타는 새로운 아담이며 새로운 이브로서 서로의 합일을 완수한다. "프란체스코는 더 이상 프란체스코가 아니었고, 막 하느님의 숨결에 의해 단 하나의 아담으로, 단 하나의 에덴동산의 주인으로 깨어난 최초의 인간이었다."(134쪽)

신부 프란체스코는 역사의 세계에서 지금까지 받아온 속박으로부터 벗어나 목자 루도비코로 변신하여 원초적 자연의 상태로, 최초의 시대초월적인 창조로 돌아가려고 한다. 사랑에 빠진 자이며, 교회의 계율을 위반하고, 스스로를 더 이상 정신적 존재가 아닌 감각적 인간으로 여기는 프란체스코는 작품에 표현된 대로 "인간되기"(138쪽)의 길로 들어선다. 그가 창조적인 봄의 자연과 만들어내고 생산하는 그것의 힘을 체험하는 것은 죽은 조각가 큰아버지의 집에서 벌거벗은 여신의 석고상을 대하며 에로틱한 예술체험을 하는 것과 일치한다. 그것은 그에게 "삶의 불멸성"(85쪽)을 나타낸다. 약동하는 생명의 신 디오니소스가 활동적인 실체로 나타난다. 프란체스코의 환상 속에는 산악지대에서 비바람에 훼손된 고대 석관의 모티브가 살아 있다. 디오니소스를 따르는 무녀들이 미친 듯 춤을 추고, 자연도 생식의 힘을 내보인다. 그런 다음에는 아가타가 창조적 자연이 인간화된 형태로 등장한다. 그녀는 "낙원의 열매"(142쪽) 내지 "생명나무의 열매"(142쪽)이다. 그녀는 모든 생명의 창시자로 여겨지는 이집트 여신 "이시스"(91쪽)와 동일시된다. 작품의 마지막 부분에서 그녀는 자연의 여신이자 다산의 여신인 "시리아 여신"(152쪽)으로 그려진다.

프란체스코 내면의 갈등, 즉 하느님 쪽에 서야 하는 성직자와 사랑에 다가설 수밖에 없는 세속적 인간 사이에서의 흔들림이 균형감 있게 그려지고 있는 점도 돋보인다. 예컨대 프란체스코의 운명은 그가 도취 속으로 도피하여 그리스도에 대한 믿음에서가 아닌 "에로스"(147쪽)에서, 즉 감각적 사랑의 성취에서 구원을 찾을 수 있지만 그에 따른 해방이 결코 자유의 성취로 이어지지는 않는다는 것을 보여준다. 또한 그가 더 이상 교리에 의한 타율적 통제의 대상이 되지 않는다는 것이 자기 결정의 가능성을 가지고 있다는 점을 의미하지도 않는다. 이것은 그는 더 이상 "자기 삶을 통제하는 주인"(147쪽)이 아니라는 데서 분명하게 나타난다.

『조아나의 이단자』는 전형적인 틀소설(액자소설) 형식을 취하고 있다. 작가는 이 책(작품)의 펴낸이와 알프스 고산목장에서 은거하는 목자를 통해 틀 구조를 완성하고 있다. 펴낸이가 고산목장에 올라가 목자를 만나 그가 읽어주는 이야기를 모두 듣고 나서 다시 산을 내려오는 것이 작품의 전체적인 틀이 되고 있다. 작품 속의 작품이라 할 틀 속의 이야기는 당연히 목자가 읽어주는 이야기이다.

독자의 이해를 돕기 위해 틀소설로서의 형식과 함께 작품의 내용을 알기 쉽게 좀 더 구체적으로 살펴보기로 한다. 작품의 틀은 펴낸이가 알프스의 호숫가에서 휴가를 즐기던 중 주민들에게서 '조아나의 이단자'로 불리는 염소치기 목자 루도비코에 대한 소문을 듣게 되는 것으로 시작된다. 그는 호기심에 게네로조 산 중턱의 돌로 지은 오두막으로 염소치기 목자를 찾아간다. 루도비코는 펴낸이에게 자신이 쓴, 젊은 신부 프란체스코 벨라에 관한 실제 있었던 이야기를 읽어준다. 신부는 6년 전 목자 소녀와 사랑에 빠져 성직에서 파문당하고 마을에서 쫓겨났으며, 소녀의 부모도 그곳을 떠나 남아메리카로 이주했다는 것이다. 펴낸이는 다시 산을 내려가던 중 루도비코의 아름다운 부인과 어린 딸을 만나게 되고, 그녀의 흙갈색 머리칼과 노랫소리를 통해 루도비코가 바로 이야기 속의 그 신부이며, 그가 읽어준 것은 자기 자신의 자전적 이야기였다는 것을 유추해낸다.

틀 속의 이야기는 '산 속 목자의 이야기'라는 제목을 단 목자 루도비코가 쓴 이야기로 채워져 있다. 리고르네토 출신의 프란체스코는 사제서품을 받은 후 걸어서 세 시간이나 걸리는 외딴 조아나 교구를 첫 근무지로 택한다. 젊은 신부는 부임 후 한 달 만에 이미 자신이 돌볼 어린 양들을 많이 품게 되고, 그 수는 계속하여 더 늘어가며, 그는 성자와 같은 존재로 널리 알려지게 된다. 3월 어느 날 루치노 스카라보타라는 사람이 사제관을 찾아와 자신의 일곱 아이들 중 몇 명을 신부가 운영하는 교회학교에 보내고 싶어 한다. 프란체스코는 조아나에 그렇게 동물 같은 목소리를 내는 거친 사람이 사는 줄은 모르고 있었다. 그러나 그 청원자는 자신이 조아나 출신이라고 주장한다.

다음날 신부는 시장 조르 도메니코를 찾아가 그 야성적인 낯선 이에 대해 알아본다. 시장은 루치노 스카라보타가 가축을 키우는 목자로 알프스산 위에 살면서 사랑하는 누이동생과의 사이에서 몇 명의 아이를 낳았다고 전한다.

프란체스코는 주교에게 이 근친상간 사건을 처리하기 위한 다음 단계에 대해 묻는다. 교회는 그들을 포기하지 않는다. 3월 말 부활절 직전에 프란체스코는 주교의 위임을 받아 법에 따른 진상조사에 나선다. 그는 마을의 안내자를 데리고 자바글리아강의 폭포를 지나 이따금 멀리서 천둥소리와 같은 눈사태소리가 울려오는 가운데 싹이 트고 있는 수선화들이 자라는 좁은 길을 따라 올라가며 거친 자연의 한가운데에서 자신이 숭고하고 위대한 동시에 지극히 미미하다고 생각한다. 호수를 내려다보던 눈길을 들어 올리자 마침내 프란체스코는 헝클어진 더러운 머리를 한 아이들을 올려다보게 된다. 돌로 지은 원시적인 집에서 루치노 스카라보타는 엎드려 공손하게 성직자를 맞이하며, 신부는 안내자를 마을로 돌려보낸다. 방문자는 당황하여 혐오스런 어떤 목각에서 눈길을 돌리지 못한다. 이 죄 없는 생식의 신의 모조품이 프란체스코의 마음을 혼란스럽게 한다. 이어서 루치노 스카라보타의 더러운 여동생이 나타나 신부의 손에 입맞춤한다. 그녀는 근친상간은 없었다며 정신이 박약한 자신의 오빠는 아무죄도 없다고 말한다. 그녀가 이따금 지나가는 등산객들에게 몸을 팔았다는 것이다. 그녀는 출산할 때 산파의 도움을 받을 수 없었다고말한다. 또 많은 아이들이 어려서 죽어 게네로조산의 잔해 속에 묻을수밖에 없었다고 말한다. 프란체스코는 두 사람이 갈라설 것을 요구하지만 부인은 절대로 안 된다며 단호하게 거부한다. 혼자서는 아무것도 할 수 없는 루치노는 불쌍한 개처럼 자기만을 따라다녀야 한다는 것이다.

대화 중에 열다섯 살쯤 된 딸이 보기 드물게 아름다운 다 큰 여자아이의 모습으로 들어오는데, 그녀의 감미로운 노랫소리가 프란체스코의 혼란스런 상태를 누그러뜨린다. 신부는 방문을 끝내고, 5월초에 산 속의 잔트 아가타 예배당에서 가족들과 함께 예배를 올리겠다고 약속한다.

조아나 계곡의 사제관으로 돌아오자 프란체스코의 평온함은 사라진다. 아가타를 뜻하는 죄의 열매라는 이미지를 포함하고 있는 끔찍하게 조각된 호색가 사티로스 상징물은 성직자의 마음을 온통 사로잡는다. 그 후 프란체스코가 두 번째로 산에 오를 때 스카라보타 가족은 이미 예배당에 모여 있지만 아가타는 없다. 프란체스코는 예배를 시작하는 대신 밖으로 나가 두리번거리며 돌아다니다 아가타와 마주쳐 그녀를 안으로 데리고 들어간다. 아름다운 아가타의 마돈나와 같은 얼굴을 바라보며 그는 이 여인의 몸에 구제불능으로 생사를 걸고 빠져들었다는 것을 깨닫는다.

계곡으로 돌아와서도 젊은 성직자는 자신을 고산목장으로 힘차게 끌어당기는 단단한 줄을 끊어내지 못한다. 다음번 산 위의 세계로 오르는 동안 그는 목가적인 풍경과 마주친다. 웃으면서 숨을 헐떡이는 아가타가 염소 등에 올라타고 시끌벅적 떠들어대는 동생들에 에워싸여 있다. 프란체스코는 읽지도 쓰지도 못하는 아가타를 자신이 운영하는 조아나의 교회학교에 다니도록 해준다.

프란체스코는 자신의 체험과 악마의 유혹을 아로그노의 수석사제에게 고백한다. 수석사제는 그에게 유혹에 맞설 것을 요구하며 스스로 해결해 나가라고 조언한다.

누더기를 걸친 아가타가 신부의 지시에 따라 교회학교에 가기 위해 조아나에 발을 들여놓자 추방된 그녀는 떼로 몰려든 아이들에 의해 돌팔매질을 당한다. 신부는 무거운 범죄로의 피할 수 없는 추락에 대한 두려움을 느끼는 동시에 억제할 수 없는 기쁨으로 환호성을 지르고 싶어 한다. 아가타는 자신이 근친상간으로 태어난 것을 알고 있다. 프란체스코는 그녀의 이 슬픔과 고통을 함께 지고 그녀를 집으로 데려다 주기로 한다. 후텁지근한 여름밤을 뚫고 비밀통로를 통해 서로 끌어안고 걸어가는 커플은 고산목장으로 올라가는 게 아니라 사람들이 거의 다니지 않는 좁은 길을 지나 깊은 자바글리아 골짜기로 내려간다. 그곳 폭포 옆 외딴 움막에서 아가타는 그녀의 순결을 잃는다. 프란체스코는 더 이상 스스로를 어떤 특정한 시대의 사람으로 느끼지 않는다. 마찬가지로 그를 에워싼 밤의 세계도 시간을 초월해 있다. 바깥세상의 어느 누구도 그를 해치지 못한다. 그의 상급자들은 하급자들이 된다. 그를 제외하고는 죄 없는 창조의 충만함 속에서 살아가는 사람은 아무도 없다. 프란체스코는 신부로서 더 이상 말을 통해 창조하지 않는 대신 말없이 적극적으로 직접 창조에 참여하여 세상의 한가운데로 파고 들어간다. 아가타와의 새로운 창조를 통한 낙원에서 느끼는 프란체스코의 감정을 기술하면서 목자의 이야기는 끝난다.

독자의 이해를 돕기 위해 일부 생소한 용어나 표현에 각주를 달아 설명해 놓았는데, 작품 원문에는 없는 것임을 밝힌다.

1888년 잡지 《게젤샤프트》에 처음 발표된 노벨레 『선로지기 틸』은 하우프트만을 문학적으로 인정받게 한 첫 작품으로 평가되고 있다. 하우프트만 자신도 "그것과 함께 나는 작가로서 세상에 발을 들여놓았다."고 밝히고 있다.

『선로지기 틸』은 첫 번째 여인과의 결혼으로 낳은 사랑하는 아들이 둘째 부인에 의해 죽음에 이르자 이를 극복하지 못하고 마침내 정신이상자가 되어 살인을 저지르는 선로지기 틸을 다루고 있다. 이 노벨레는 19세기 말을 시간적 배경으로 하고 있으며, 틸의 근무지인 베를린과 프랑크푸르트/오더 사이에 있는 조그만 간수초소에서 이야기가 전개된다. 하우프트만은 어린 시절부터 스스로를 하층민들과 연결되어 있다고 느끼고 그들의 편에 서 왔기에 그가 가난한 소시민인 선로지기의 비극적 운명을 다룬 이 작품을 쓰게 된 것은 결코 새삼스런 일이 아니었다.

이 작품에서는 주인공인 선로지기의 내면에 내재하고 있는 대립적이며 분열적인 성향이 부각된다. 또한 그와 그를 둘러싼 두 명의 부인과도 각각 상반적인 성향이 대비되어 나타나고, 두 부인 간의 대조적 특성도 드러난다. 그리고 이런 양극성이 조화롭게 조정되거나 극복되지 못함으로써 운명적 파국이 초래된다.

틸의 운명은 내면을 양분하고 있는 정신과 본능의 양극적 대립에 의해 파국으로 치닫게 된다. 틸이 내면의 양극성을 극복하지 못함으로써 발생하는 비극적 사태의 전개 과정은 틸, 첫 부인 민나, 둘째 부인 레네 등 세 중심인물들 간의 상호관계를 통해서 정확히 관찰할 수 있는데, 첫 부인이 낳은 아들 토비아스 또한 결정적인 역할을 한다. 토비아스의 죽음에 의해 오래도록 지연되고 저지되어 온 파괴적 힘이 틸로부터 폭발하기 때문이다.

틸은 토비아스 때문에 레네와 결합했다고 볼 수 있다. 목사가 지나치게 성급하게 이루어진 틸의 재혼을 의아해 하자 틸은 토비아스의 양육문제를 들어 그 정당성을 주장한다. 그러나 레네는 아이를 돌보는 대신 이 나약한 아이에 대한 깊은 혐오감으로 가득 차 있다. 그녀에게서 아이가 태어나자 혐오는 증오에까지 이르고, 토비아스는 이때부터 무방비 상태로 그녀의 포악성과 폭력에 노출된다. 틸은 토비아스에 대해 측은한 마음으로 걱정하지만 감히 레네에게 대들지 못한다. 레네에 대한 종속이 토비아스에 대한 사랑보다 더 강한 것이다.

작품의 대부분을 이루는 파국으로의 과정에서는 인물들의 대립관계가 묘사되고, 공간들도 상징적으로 그려진다. 파국은 틸이 경작해오던 밭을 잃고 근무초소 가까이에 있는 새 밭뙈기를 얻는 것에서 시작된다. 근무초소 근처의 밭을 얻음으로써 "살아 있는 여자와 죽은 여자 사이"로 삶을 나누어 생활하는 동안에만 순수한 양심을 지킬 수 있었던 틸에게서 이러한 삶의 양분이 중단된다. 죽은 여인에게 남겨둔 구역이었던 근무초소 안으로 레네가 밀려들어오게 되고, 이에 따라 틸에게는 도덕적 정당성과 보호를 위한 최후의 유보공간이 파괴되는 운명적인 사건이 벌어진다.

몇 가지 중요한 사건들이 서서히 유혈적인 종말로 이끌어간다. 틸은 새로운 밭을 얻게 된 소식을 가지고 집에 돌아온 그날, 토비아스가 계모로부터 학대받는다는 것을 알아챈다. 그날 틸은 처음으로 우연히 부인이 아이에게 비정하고 혹독하게 벌을 가한다는 사실을 목격한다. 그러나 그는 육체적으로 풍만한 부인을 향한 본능의 힘에 지배되어 아무런 저항도 하지 못한다.

틸은 새로 얻은 밭을 갈아엎다가 곧 이 새 밭을 얻음으로써 어떤 불행이 일어날 것인지를 인식한다. 흥분한 채 그는 초소로 돌아가기 위해 일을 끝낸다. 그는 이 위기 속에서 돌연 자신이 진 막중한 죄책감을 인식한다. 틸은 해결에 대한 믿음 없이 죄책감만을 느끼는 것이다. 여기에서는 죄책감의 인식이 결과적으로 해결을 향한 행위를 이끄는 것이 아니라 반대로 앞으로 닥쳐올 운명적 사건을 고조시킨다.

무엇보다도 틸이 죽은 부인의 출현을 체험하는 꿈속의 환상은 닥쳐올 불행을 암시한다. 이 환상 역시 변화의 촉진제로서가 아니라 변화불능의 성격을 띤 닥쳐올 사건의 예시로서 파악되어야 한다.

선로지기가 밤을 지내고 일요일인 다음날 퇴근길에 올랐을 때 지난밤의 무시무시한 영상들은 햇살이 한껏 쏟아지는 숲속을 통과해가는 동안 우선은 기억에서 사라져버린 것처럼 보인다. 그러나 집에서는 레네가 다음날 새로이 얻은 밭에 가려고 한다는 소식이 그를 기다린다. 이와 함께 앞서 밤의 환영들 속에서 예고된 바 있는 파국이 첨예화된다. 즉 그는 다음날 아침 레네와 아이들과 함께 숲으로 가는 데에 동의한다. 밭에 도착하자마자 레네는 밭의 좋은 토질에 만족하며 일을 하기 시작한다.

땅과 그 땅을 일궈 식량을 얻기 위한 노동은 레네의 왕성한 활동력과 일치한다. 레네가 신화 속의 땅의 성격을 가졌다면 숲과 초소는 민나의 정신과 일치한다. 틸이 내면에서 정신과 본능을, 즉 첫째 부인과의 관계와 둘째 부인과의 관계를 구별 지어 오면서 그때까지 세심하게 지켜온 이 두 공간이 침해받는 것은 운명을 저지할 수 없게 만든다.

마침내 알 수 없는 내면의 힘은 틸에게만 보이는 첫째 부인의 모습 속에서 압축되어 나타난다. 틸은 학대 받는 토비아스를 안고 있는 그녀에게 둘째 부인을 죽이겠다는 약속을 하면 그 아이를 돌려받을 수 있다는 망상에 빠짐으로써 제정신이 아니라는 사실이 드러난다. 여기서 작품의 서두에 나타난 죽은 부인과의 "정신적으로 심화된 사랑"이 남편의 지배를 가능케 하는 둘째 부인의 "거친 본능의 힘"과 완벽하게 대조되어 나타난다. 죽은 부인과의 이 마지막 만남 속에서 틸은 완전히 의식을 상실하고 광란의 밤을 연출한다. 이와 함께 틸의 내적 발전단계는 종말에 이른다. 그는 아직 반쯤은 유지하고 있던 의식의 세계로부터 알 수 없는 세계에 빠진 다음 완전히 미쳐버린다.

밤에 사람들이 틸을 들것에 태우고 집으로 돌아가는 모습의 묘사에서는 불행한 사태를 머금은 분위기가 그려지지만 살인을 통해 틸의 내면적 삶이 소멸된 후 서술의 핵심은 점차 구체적으로 손에 잡히는 대상의 포착에 모아진다. 마침내 이야기는 외적인 사건진행을 간략하게 줄이고, 살인행위의 직접적인 묘사 대신 죽은 토비아스를 집으로 데려오는 사람들에 의해 끔찍스런 파멸의 현장이 발견되는 식으로 국외자의 관점에서 사건을 보고한다.

틸이 미결감방으로 이송되어 도착 당일 곧장 자선병원의 정신병동으로 옮겨지는 마지막 부분은 인간 영혼의 암울하고 비밀에 찬 세계로부터 밝고 비밀이 없는 시민적 일상의 세계로 회귀함을 의미한다. 그리고 이 객관적 상황묘사 속에서 작품 전체의 주제가 드러난다. 즉 틸은 그 살인행위에 책임이 없으며, 오히려 그는 의지를 마비시키고, 의식을 죽이고, 인간을 한 조각 자연으로 만드는 근본적인 운명적 힘의 희생자라는 것이다.

분명 이 작품의 내적 사건은 단순한 정신병자의 이야기 이상의 의미를 띠고 있다. 이 작품은 한 사람이 다른 사람에게 심리적 종속을 당하는 것과 그로 인한 주체적 삶의 불가능성을 나타내주고 있다. 틸은 죽은 부인 민나에게 종속되어 계속해서 일종의 환상세계 속으로 도피할 뿐만 아니라 두 번째 부인 레네에게도 종속되어 그녀에게 맞서지 못한다. 그리하여 경건하고 얌전한 한 남자가 죽은 부인에 대한 죄책감에 쫓기고 아들의 죽음으로 정신이 해체되어 아내 및 아이의 살인자가 되는 것이다.

『선로지기 틸』은 소시민 선로지기의 비극적 운명을 주제로 다룸으로써 본질적으로 지식계급의 주인공을 다루어 온 전통적인 독일 노벨레의 틀을 깬 의미 있는 작품으로 평가되기도 한다.

독일 자연주의 문학의 대가인 하우프트만의 두 작품을 통해 그의 문학적 특성을 좀 더 새롭고 깊이 있게 체감할 수 있기를 바란다. 아울러 지나칠 정도로 세밀하고 객관적인 인물 및 환경 묘사를 직접 접함으로써 자연주의 문학의 특별한 면모 또한 살필 수 있게 되길 기대한다.

2024년 7월
옮긴이 이관우

작가 게르하르트 하우프트만 소개

작가 게르하르트 하우프트만(Gerhart Hauptmann)은 1862년 11월 15일 독일 슐레지엔의 오버잘츠브룬(현재는 폴란드 영토)에서 태어난 소설가이자 극작가이다. 하우프트만은 프랑스의 에밀 졸라, 러시아의 레프 톨스토이와 같은 위대한 작가들과 어깨를 나란히 하는, 독일 자연주의를 개척하고 발전시킨 대표적인 작가로 간주된다. 일찍이 1887년에 소설『선로지기 틸』을 발표했다. 1889년 아내 마리와 아들들과 함께 베를린 샤를로텐부르크로 이사했고, 이후『해 뜨기 전』(1889),『직조공들』(1892) 등 여러 드라마로 화제를 모았다. 특히 방직공장 노동자들의 열악한 노동환경을 그린『직조공들』은 황제 빌헬름 2세의 분노를 샀다. 하우프트만은 1912년 노벨 문학상을 수상하면서 전성기를 누렸다. 히틀러의 국가사회주의 체제에서는 그의 작품들도 엄격한 검열로 피해를 당했지만 히틀러 정권은 국내외에서 큰 인기를 누리고 있던 하우프트만을 체제선전을 위한 도구로 이용했다. 하우프트만이 히틀러의 자서전『나의 투쟁』에 많은 긍정적 논평을 달아준 것은 잘 알려진 사실이다. 하우프트만의 죽음 또한 주목을 받았다. 2차 세계대전이 끝난 후 하우프트만이 살고 있던 슐레지엔 지역이 폴란드에 할양되어 모든 독일인이 추방되었으나 하우프트만은 독일로 돌아가지 못하고 그곳에서 1946년 6월 6일 자신의 시신을 고국에 묻어달라는 유언을 남기고 기관지염으로 사망했다. 그리하여 하우프트만의 시신은 아연 관에 안치되어 그의 서재에 보관되었다. 그의 시신은 한 달 이상이 지나서야 특별열차 편으로 독일로 이송되어 독일 북쪽 히덴제라는 섬의 수도원에 안장되었다. 히덴제의 게르하르트 하우프트만 하우스는 오늘날에도 원래 상태로 보존되어 가이드 투어와 강의에 이용되고 있다.

게르하르트 하우프트만 연보

1862년 슐레지엔 오버 잘츠브룬에서 어머니 마리와 아버지 로베르 트 하우프트만 사이에서 출생.

1878년 실업학교 중퇴 후 삼촌 구스타프 슈베르트의 농장에서 농업 수련.

1880년 브레슬라우에 있는 왕립예술공예학교의 조각과정에 입학.

1881년 상인의 딸 마리 티네만과 약혼.

1882-1883년 예나대학교에서 철학과 문학 연구 시작.

1883년 지중해 여행을 한 후 로마에서 조각가로 활동.

1884년 드레스덴 왕립아카데미에서 삽화 공부.

1885년 5월 5일 마리 티네만과 결혼한 후 세 아들을 낳음.

1887년 중편소설 『선로지기 틸』 발표.

1889년 10월 베를린 '자유극단(Freie Bühne)'에서 〈해뜨기 전〉 초연.

1892년 희곡 〈직조공들〉을 발표하여 선풍적 관심을 불러일으킴.

1893년 희곡 〈해리의 모피〉와 〈한넬레의 승천〉 초연.

1894년 아내 마리와 미국 여행 후 별거 시작.

1896년 빈에서 첫 그릴파르처상 수상.

1901년 아그네텐도르프로 이사하여 평생 거주함.

1904년 아내 마리와 이혼하고 마르가레테 마르샬크와 결혼하여 아들
        한 명을 둠.

1906년 피셔 출판사에서 전집이 6권으로 출판됨.

1911년 베를린 레싱 극장에서 〈쥐들〉 초연.

1912년 노벨 문학상 수상.

1913년 장편소설 『아틀란티스』가 영화로 제작되어 상영됨.

1918년 11월 많은 지식인과 예술가가 서명한 하우프트만 선언문이
        《베를리너 타게블라트》 신문에 게재되어 예술가들의 1차
        대전 후 재건 참여 의지를 표명.

1922년 브레슬라우에서 게르하르트 하우프트만 축제 개최.

1924년 빈 미술 아카데미 명예회원이 됨,

1926년 연극 〈도로테아 앙어만〉 초연.

1928년 프로이센 예술 아카데미(시 부문) 입학.

1932년 미국 순회강연 하고 컬럼비아대학에서 명예박사학위 받음.

1937년 자서전 『내 청춘의 모험』 첫 출간.

1940-1944년 아트리드 4부작 창작.

1946년 아그네텐도르프에서 기관지염으로 사망.

조아나의 이단자

© 이관우, 2024

1판 1쇄 인쇄__2024년 08월 20일
1판 1쇄 발행__2024년 08월 30일

지은이__게르하르트 하우프트만
옮긴이__이관우
펴낸이__홍정표
펴낸곳__작가와비평
　　　　등록__제2018-000059호

공급처__(주)글로벌콘텐츠출판그룹
　　　　대표_홍정표 이사_김미미 편집_임세원 강민욱 남혜인 홍명지 권군오 기획·마케팅_이종훈 홍민지
　　　　주소__서울특별시 강동구 풍성로 87-6
　　　　전화__02) 488-3280 팩스__02) 488-3281
　　　　홈페이지__http://www.gcbook.co.kr
　　　　이메일__edit@gcbook.co.kr

값 18,000원
ISBN 979-11-5592-320-7 03850